Jonas Ems

Die andere Verbindung

Das Buch

Auf YouTube wünschen sie sich nur das Schlechteste, doch jetzt müssen sie zusammenhalten: Elf reale YouTuber kämpfen in der Wildnis Schwedens ums Überleben. Und das nur, weil dieser merkwürdige Busfahrer, der sie ins Creator-Camp bringen sollte, plötzlich verschwunden ist. Ein dreitägiges Abenteuer beginnt: mit Bären und Wölfen, seltsamen Gestalten, dunklen Höhlen und einem Ende, das allen die Augen öffnet. Passend zum Buchthema spendet der Autor sein komplettes Honorar an die Wildtierstiftung des Naturschutzbundes NABU.

Der Autor

Jonas Ems, Jahrgang 1996, ist ein echtes Multitalent. Auf seinem YouTube-Kanal begeistert er 2,2 Millionen Abonnenten. Sein erstes Buch *Peinlich für die Welt* wurde ein SPIEGEL-Bestseller. Als Schauspieler überzeugt er im Kinofilm *Das schönste Mädchen der Welt*. Und sein Interview mit EU-Kommissionspräsident Jean-Claude Juncker hat ihn schließlich auch bei den Eltern seiner Fans bekannt gemacht. *Die andere Verbindung* ist sein Romandebüt.

JONAS EMS

DIE ANDERE VERBINDUNG

Plötz & Betzholz Verlag

Besuchen Sie uns im Internet:
www.ullstein-buchverlage.de

Originalausgabe im Plötz & Betzholz Verlag
1. Auflage September 2018
4. Auflage 2018

Umschlaggestaltung: zero-media.net, München
Titelabbildung: © Johner Images / getty images (Landschaft);
© Ryan Matthew Smith / Stocksy (Schulbus)
Titelfotos: Fotostudio Balsereit, Meisterbetrieb für
Lichtbildnerei, Köln; Robert Schönholz
Layout: Kristin Blöcker
Satz: LVD GmbH, Berlin
Gesetzt aus der TeX Gyre Pagella und der DejaVuSans
Druck und Bindearbeiten: CPI books GmbH, Leck
ISBN 978-3-96017-011-2

Prolog

Berlin

9. August

Dr. Maria Lee war sichtlich begeistert. Die komplizierte Scheidung von ihrem Mann, der überraschende Tod ihrer Mutter und der unangenehme Grippevirus, der ihr seit mehreren Tagen jenes letzte Fünkchen Freude nahm, das ihr noch verblieben war, hatten ihr übel zugesetzt. Doch diese Probleme waren jetzt vergessen, zu großartig war Alexanders Idee, zu vielversprechend und lukrativ schienen die Folgen.

»Gut gemacht«, lobte sie Alexander Schwartz, den 34-jährigen Programmierer, der noch immer bei seiner Mutter lebte. Teuflisch grinsend tätschelte sie seine linke Schulter und malte sich all die Dinge aus, die sich ab jetzt ändern würden.

Kapitel 1

Berlin

13. September

Ein eiskalter Schauer lief mir über den Rücken. Ich schaute erst nach links und dann nach rechts, wollte sichergehen, dass ich alleine war. Keine Menschenseele zu sehen. Und dennoch wurde ich das bedrohliche Gefühl nicht los, verfolgt zu werden. Irgendwas schien anders als sonst – mir war nur noch nicht klar, was das war. Ich versuchte, nicht in Panik zu verfallen, und setzte den ersten Fuß auf die mit Pfützen übersäte Straße, blieb jedoch gleich wieder wie angewurzelt stehen, als ich deutliche Laute hinter mir wahrnahm. Schritte! Irgendjemand folgte mir also doch …

Mit einem Satz drehte ich mich um, bereit, der Gefahr direkt ins Auge zu schauen, ohne Gewissheit darüber, ob ich anschließend überhaupt in der Lage gewesen wäre, mich zur Wehr zu setzen. Ich war ein Feigling, einer dieser Menschen, die man auf der Straße anrempeln konnte und die sich trotzdem höflichst entschuldigen würden.

Manchmal jedoch wünschte ich mir, weniger vernünftig zu sein, weniger erschrocken, dafür tapfer und mutig. Einer der Helden, über die man Comics schrieb und deren Geschichten verfilmt wurden. Aber ich war kein Held und Comics gab es von mir erst recht nicht. Ich bin Jonas Ems, hauptberuflich Angsthase, und mir ist an diesem Abend erst recht nicht zum Spaßen zumute, vor allem seit mir klar war, dass ich verfolgt wurde.

Wie gesagt: Ich drehte mich völlig panisch um.

Doch meine Furcht war umsonst gewesen. Ich konnte niemanden erkennen. Spielte mir mein verängstigter Geist nur einen Streich? Das dröhnende Rauschen der nächtlich befahrenen Autobahn, das heisere Krächzen einer Krähe auf einem entfernten Dachsims und das regelmäßige Ticken meiner Armbanduhr, die mir durch jene Lautstärke jeden Abend aufs Neue die Leichtigkeit nahm, in den Schlaf zu finden – all diese Geräusche waren deutlich wahrnehmbar, waren real. Waren es die Schritte jedoch auch?

Bevor ich mir weiter Gedanken darüber machen konnte, tippte mir plötzlich jemand auf die Schulter. Reflexartig, aber erschrocken zugleich drehte ich mich um und konnte nur noch eine Faust wahrnehmen, die in rasender Geschwindigkeit unabwendbar auf mich zu schoss. Ehe ich mich versah, lag ich auf dem Boden und schloss die Augen.

Das war es nun wohl …

»Und Schnitt«, rief eine vertraute Stimme aus dem provisorisch aufgebauten Regiezelt um die Ecke. Tobi, ein alter Schulfreund und gleichzeitig talentierter Kameramann, half mir hoch.

»Wahnsinn, man hatte fast das Gefühl, dass du wirklich Angst um dein Leben hast«, lobte er mich. Ich musste ihm recht geben, es hat sich wirklich sehr echt angefühlt. Beinahe hätte ich die unangenehmen Umstände vergessen, in denen ich mich gerade befand.

Normalerweise war ich ein großer Fan unserer Kurzfilmprojekte. Das kreative Entwickeln eines Drehbuchs, die Vororganisation, das Zusammenstellen einer dynamisch arbeitenden Filmcrew und natürlich jeder einzelne Produktionstag mit seinen Höhen und Tiefen – all das habe ich bisher immer zu schätzen gewusst.

Dieses Mal war das jedoch anders. Ich hatte mich deutlich übernommen, im gesamten Monat schon. Zu wenig Schlaf, dafür Stress gepaart mit Hektik und Unordnung, das zusammen hatte den bitteren Beigeschmack, dass man zwar einen großen Teil seiner Arbeit schaffte, dafür aber keine zufriedenstellenden Resultate hervorbrachte. Nun haben wir auch noch eine Woche an einem neuen Filmprojekt gearbeitet – mit durchaus komplexen Szenen.

In der heutigen Szene zum Beispiel wurde ich von einer psychopathischen Figur verfolgt – blondes, zerzaustes Haar, zwei angsteinflößend blinzelnde

Augen über aufgedunsenen Hamsterwangen. Ein oscarreifes, mörderisches Grinsen, das einem durch Mark und Bein ging. Der theatralische Höhepunkt dieser Figur namens Niklas bestand darin, mich auf offener Straße niederzuschlagen und anschließend zu entführen. Spannend anzuschauen, aber schwierig zu spielen.

Das Material musste am heutigen Abend noch gesichtet und zusammengeschnitten werden, immerhin sollte der Film bereits übermorgen auf meinem YouTube-Kanal veröffentlicht werden, die Zuschauer warteten schon ungeduldig, die Deadline stand.

Zu allem Überfluss durfte ich morgen auch noch sechs Stunden Autogramme geben, weil ich mit ein paar Freunden ein »Meet & Greet«-Event in Berlin veranstalten wollte – zwar freiwillig, doch leider unangemeldet, also an der Grenze der Legalität. Rechtlich ist so etwas nämlich durchaus kritisch, vor allem dann, wenn viele schreiende Kids und Jugendliche, aber keinerlei Security vor Ort sind. Aber wir hatten ewig kein Zuschauertreffen mehr veranstaltet und keinen geeigneteren Ort gefunden als die Mall of Berlin, ein zentrales Einkaufszentrum in – wie der Name bereits verrät – Berlin. Blieb nur zu hoffen, dass es nicht zu voll werden würde. Wenn doch, würden wir wenigstens alle gemeinsam in der Scheiße stecken. Wir, das waren übrigens Moritz, Luki, Fitti und ich – ein seit Jahren eingespieltes Team aus Freunden.

Ursprünglich haben wir uns alle wegen eines gemeinsamen Hobbys kennen- und lieben gelernt: YouTube-Videos drehen.

Heute ging unsere Freundschaft weit über das hinaus. Moritz, ein talentierter Sänger und langjähriger Freund, kam, genau wie ich, aus Berlin, sodass er zu den wenigen Kandidaten meines Freundeskreises gehörte, mit denen ich mich noch regelmäßig traf, zwischen all den Drehbuchsessions, Videobearbeitungen und Momenten, in denen ich auf offener Straße entführt wurde.

Luki dagegen, ebenfalls einer meiner treuesten Freunde aus alten Zeiten, wohnte unglücklicherweise am anderen Ende von Deutschland, sodass man sich leider nur selten traf. Und der Dritte im Bunde, Fitti, war sowieso fast komplett von meinem Radar verschwunden. Nicht etwa, weil es irgendwelche Zwischenfälle oder Streitigkeiten gegeben hätte, keineswegs, sondern nur, weil wir uns menschlich auseinandergelebt hatten. Er ging seinen Träumen und Zielen nach und ich meinen. Umso besser, dass wir uns morgen endlich noch einmal treffen und Zeit miteinander verbringen konnten!

Zügig half ich unserem kleinen Drehteam das Kameraequipment einzupacken, verabschiedete mich flüchtig und sprintete zur nächstgelegenen U-Bahn-Station. An diesem Abend hatte ich noch ein Date mit einem Mädchen namens Sarah, die ich über Swanity kennengelernt hatte – einer App zur Planung von Events und Treffen.

Persönlich hatte ich sie noch nie getroffen, aber auf ihrem Profil hatte sie sympathisch und offen gewirkt. Ich war ein großer Fan von Online-Dating, vor allem weil mir das »echte Leben« in Bezug auf Frauen noch nicht viel Glück geschenkt hatte.

Sarah dagegen behauptete, Online-Dating noch nie ernsthaft probiert zu haben und mich nur »ausnahmsweise« treffen zu wollen – in meinen Augen aber die typische Ausrede vieler Mädchen.

Trotzdem fand ich ihre langen, braunen Haare, die kleine Nase und die freche Brille mit Riesengläsern äußerst anziehend.

Umso enttäuschter war ich, als ich im Café Einstein am Ku'damm feststellen musste, dass *Sarah* eigentlich gar nicht wirklich *Sarah* war. Sicherlich, sie mochte den gleichen Namen tragen. Aber ihre langen, braunen Haare hatte sie sich zu einem seltsam unförmigen Dutt zusammengebunden, ihre Nase war in echt nicht ansatzweise so stupsig und niedlich, wie sie auf ihrem Profilbild fälschlicherweise wirkte, und die Brille hatte sie entweder durch Kontaktlinsen ersetzt oder war von vornherein nur ein modisches Accessoire aus der Verkleidungskiste gewesen.

In wenigen Sekunden machte ich bereits aus, auf welches Ende dieses Treffen hinauslaufen würde.

»Ich bezahle, schon gut«, würde ich sagen und anschließend alleine zu mir nach Hause fahren, um dort ihr Profil wieder zu entfreunden.

Das lag jedoch nicht daran, dass mich ihr Aussehen enttäuschte – sie konnte mich ja immer noch mit ihrem Charakter umhauen –, sondern schlichtweg daran, dass sie sich als unendlich großes Fangirl entpuppte.

Natürlich, ich hatte über zwei Millionen Abonnenten auf meinem YouTube-Kanal und ja, natürlich war es nicht unwahrscheinlich, dass ich mal einen von ihnen daten würde. Aber musste es ausgerechnet *sie* sein, eine siebzehnjährige Schülerin namens Sarah Hauer? Ich wollte doch nur ein nettes Date.

Stattdessen ließ sie mich wissen, dass bei ihr in einer Woche Herbstferien anstanden, was sie offenbar noch mehr darin bestärkte, unentwegt von sich und ihren Plänen zu brabbeln und mich anschließend über mich und meine Pläne auszufragen. Der Horror!

Wobei: Dass bald Herbstferien waren, erschreckte mich. Dieser Herbst fühlte sich wie ein Sommer an, lauter Sonnentage, Poolpartys und, nun gut, immer noch viele Menschen mit Socken in den Sandalen auf den Straßen.

Dass »Sasa«, wie sie ihrem spannenden Bericht zufolge liebevoll von ihrer Mutter genannt wurde, mich nun aber unentwegt über YouTube ausfragte, war noch erschreckender.

»Stimmt es, dass die Plattform wirklich so kaputt ist?«

Ich schüttelte fragend den Kopf. »Was meinst du denn mit *kaputt*?«

»Na, dass sich alle YouTuber gegenseitig voll hassen!« Sie trank einen Schluck von ihrem Ingwer-Zitrone-Tee und tropfte dabei etwas auf ihre weiße Bluse, was sie jedoch nicht weiter zu stören schien.

»Na ja, also hassen …«

»Okay, aber ihr mögt euch nicht, oder?!« Sasa war verdammt verbissen. Aber sie hatte nicht unrecht.

Die deutsche YouTuber-Szene war in den letzten Jahren den Bach runtergegangen.

Früher, ich erinnere mich gerne daran zurück, war es das Normalste der Welt, mit anderen YouTubern zusammen Videos zu drehen, sich gegenseitig zu unterstützen und Abonnenten zu teilen. Heute war das vollkommen anders. Viel zu groß schien der unsichtbare Konkurrenzkampf, ein von außen einwirkender Zahlendruck und Wettstreit um Aufrufe und Abonnenten, der jeden zu erdrücken drohte, der an dem Spiel teilnahm.

Zum Leidwesen der Zuschauer, die keine spannenden Videos mehr zu Gesicht bekamen.

Zum Leid der YouTuber, deren Aufrufe schlechter wurden.

Zum Leid der Plattform selbst, die durch weniger Aufrufe auch weniger Umsatz erzielte.

»Und was ist mir dir?« Sarah schreckte mich aus meinen Gedanken auf. »Hast du viele Feinde auf YouTube?«

Ich dachte gar nicht daran, ihr irgendetwas anzuvertrauen, also erzählte ich ihr einfach irgendetwas. Vermutlich hätte sie mit einem Schimpansen ein ehrlicheres Date gehabt.

Aber tatsächlich war auch ich nicht ganz unschuldig. Insgeheim hatte ich in den letzten Jahren selbst eine große Abneigung gegenüber vielen anderen YouTubern entwickelt, zum Teil aus Neid, manchmal aus Missachtung oder weil ich anhand von Oberflächlichkeiten meinte, sie beurteilen zu können.

Umso erfreulicher, dass ich mich morgen von all dem loslösen, vollkommen befreien konnte. Klar, meine Freunde waren ebenfalls YouTuber und damit nüchtern betrachtet von der Konkurrenz – aber es waren eben dennoch meine Freunde, schon seit vielen Jahren. Das musste einen höheren Stellenwert haben, da war ich mir sicher. Wie wichtig diese Erkenntnis wirklich war, sollte ich erst viel später erfahren …

Kapitel 2

Berlin

14. September

»Wie viel später sollte ich das denn erfahren?« Frustriert schaute mich Moritz an. Dass ich vergessen hatte, ihm einen Edding zum Unterschreiben der Autogrammkarten mitzubringen, schien ihm eher zweitrangig zu sein.

»Vor einer Woche hieß es noch, wir würden uns am Alexanderplatz treffen.«

Ich nickte ihm entschuldigend zu. »Tut mir leid. Hab vergessen, dich upzudaten.«

Er warf mir ein nicht ganz ernst gemeintes Schimpfwort an den Kopf, womit die Sache wieder gegessen war, obwohl er zuvor eine ganze Stunde lang an einem komplett falschen Treffpunkt auf mich gewartet hatte. Ich selbst führte meine Vergesslichkeit auf den terminlich vollgepackten Monat zurück. Viel Beschäftigung hatte also auch ihre guten Seiten, ab jetzt würde sie für all meine Fehler als solide Entschuldigung geradestehen müssen.

Während ich darüber nachdachte, wie ich Moritz nun auch noch erklären konnte, dass ich ihm nicht wie versprochen einen Edding mitgebracht hatte, erreichten wir die Mall. Bereits einige Meter vor dem Eingang stellten wir zu unserem großen Schrecken fest, dass die komplette Einkaufspassage überfüllt mit Teenagern war, kleinen und großen, einige sehr jung, andere deutlich sichtbar schon in der Pubertät, manche mit Einkaufstüten, andere mit Fanklamotten und ein etwas älterer Junge mit braunem, wuscheligem Haar tropfte gerade Schokoladeneis auf seine viel zu enge, weiße Skinny Jeans.

»Die sind nie im Leben alle unseretwegen da«, staunte Moritz. Ich war froh, dass Moritz gerade nicht an seinen Edding dachte.

»Wie viele sind das, was glaubst du?« Er schaute mich fragend an. Ich war schon immer schlecht darin, so etwas einzuschätzen. Insgeheim würde ich etwa 500 tippen, aber um nichts Unangenehmes zu sagen, antwortete ich einfach in meinem gewohnt zynischen Ton: »Ich vermute, es sind mindestens zwei«.

Moritz grinste.

»Und wo bleiben jetzt Luki und Fitti?« Ich schaute mich um, konnte Moritz jedoch keine Antwort geben. Eigentlich sollten sie schon längst hier sein.

»Abgesprochen war, dass wir uns hier treffen«, teilte ich Moritz mit. Der nickte kurz und lief dann los. »Wenn sie nicht hier sind, dann vielleicht ja schon drinnen!«

Das ließ ich mir nicht zweimal sagen. Ein letztes

Mal die sauerstoffreiche Luft genießen und rein ins Verderben!

Lautes Geschrei, Gekreische und emotionales Geheule empfingen Moritz und mich bereits nach den ersten Schritten in die Einkaufsmeile. Direkt folgten die ersten Aufforderungen zu Fotos, Autogrammen oder Umarmungen. Moritz und ich wühlten uns, natürlich stets freundlich und den Wünschen der Zuschauer nachkommend, durch die fordernde Meute, bis zu dem Punkt, an dem wir Fitti und Luki vermuteten. Doch auch hier war keine Spur von ihnen.

Während mich gerade der Junge mit der bekleckerten Hose dazu aufforderte, ich solle ihn in meinem nächsten Video grüßen, und er dabei den halben Mund voller Erdbeereis hatte – scheinbar hatte er eine neue Sorte nachgelegt –, begann mein Handy zu vibrieren. Luki war dran. »JAAA?!« brüllte ich ins Telefon.

Die Gesprächsqualität war frustrierend schlecht, vermutlich den massiven Betonwänden des Gebäudekomplexes geschuldet, was zur Folge hatte, dass ich nur jedes zweite Wort von Luki verstehen konnte. Er schrie irgendwas von erster Etage und Verfolgung, aber ich konnte es in keinen Zusammenhang bringen.

»Wer war das?«, fragte Moritz ungeduldig. Ich sagte ihm, was ich wusste – nämlich im Grunde gar nichts.

Er kratzte sich nachdenklich am Kopf.

»Kannst du mir eigentlich jetzt mal den Edding geben, die wollen Autogramme?«

Ich wollte gerade Gebrauch von meiner Überarbeitungs-Vergesslichkeits-Ausrede machen, als wir plötzlich laute, aber vertraute Schreie von oben wahrnahmen.

Ein Blick zur offenen Einkaufspassage schräg über uns und ich konnte mir sofort den Inhalt von Lukis Anruf zusammenreimen. Dort oben liefen Luki und Fitti, gehetzt und im Vollsprint, dicht verfolgt von einer aufgebrachten Teenager-Horde, die jeglichen Anstand verloren zu haben schien, ein bisschen als würde eine Herde Gazellen gerade zwei Löwen hinterherjagen, nur dass Fitti und Luki nicht gerade majestätisch wirkten.

Lukis Haare waren komplett zerzaust und durcheinander – die sahen immer so aus, das war nicht auf die Verfolgungsjagd zurückzuführen –, seine Schuhe waren offen, sodass man jede Sekunde befürchten musste, er würde gleich gefährlich über seine Schnürsenkel stolpern. Zudem hing seine Hose wie bei jedem vorbildlichen Skaterboy bis zu seinen Knien herunter, die karierten Boxershorts saßen zum Glück aber da, wo sie sein sollten.

Fittis Frisur dagegen war noch topgestylt und auch seine Hose saß an Ort und Stelle, dafür schien jedoch seine Kondition deutlich unter dem zu liegen, was es in dieser Situation bedurft hätte. Ein merklich hagerer Fan mit langen Fingernägeln, der ganz in Schwarz gekleidet war, hatte ihn nämlich schon fast eingeholt und machte den Anschein, als wolle er Fitti im nächsten Moment verspeisen. Ich wünschte Fitti, dass ihm alles Glück dieser Welt beisteht, damit es schnell und schmerzlos passierte.

Während ich also schmunzelnd das Spektakel beobachtete, wurde mir langsam der Ernst der Situation klar. »Jonas, die rennen gerade alle auf uns zu!«, schrie mir Moritz entgegen. Ich musste ihm zustimmen, Luki und Fitti rannten gerade die Treppen herunter und spurteten direkt auf uns zu. Ich versuchte mit den Gesten eines Fluglotsen deutlich zu machen, dass Fitti und Luki wieder in die andere Richtung laufen sollten. Doch die dachten gar nicht daran, so aufgescheucht waren sie von der Meute. Vielleicht waren meine Fluglotsenkenntnisse aber auch nicht astrein.

»REEENNT«, schrie Luki und fuchtelte wie wild mit den Armen rum, während er und Fitti uns überholten. Das ließen Moritz und ich uns nicht zweimal sagen. Mittlerweile hatte sich die gesamte Masse in Bewegung gesetzt, Fitti, Luki, Moritz und ich vorne an, Hunderte Jugendliche hinter uns her, mit der Hoffnung auf ein Foto, ein nettes Autogramm, einen Gruß, den wir an ihre besten Freundinnen per Sprachnachricht senden, oder eben ein Shoutout auf Instagram. Ohne mich falsch zu verstehen: Ich mag meine Zuschauer und Community sehr und finde es großartig, wen man alles erreichen und antreffen kann. Bei Zuschauertreffen ist man jedoch von Anfang bis Ende vollkommen überfordert, kommt kaum hinterher und wünscht sich insgeheim, mit einem einfachen Zauberspruch alle Belange der Teilnehmer auf einmal erfüllen zu können. Mein größter Wunsch war nun aber, dass wir heil aus der Situation rauskamen – und alle aus der Horde hinter uns auch.

»Das ist megagefährlich!«, schrie ich Luki und Fitti zu.

»Wir können da nichts für, die sind plötzlich auf uns zu gerannt«, schrie Fitti mir zurück. Wir bogen um eine Ecke und schafften es langsam, Distanz zu den Zuschauern zu gewinnen.

»Wenn irgendwas hier zu Schrott geht, sind wir schuld!«, schrie Moritz wieder in die Runde, nicht gerade dazu beitragend, dass sich die Situation beruhigte.

Ich konnte in einiger Entfernung einen schicken Herrenausstatter ausfindig machen, auf den ich nun entschlossen zu rannte, dicht gefolgt von meinen Freunden. Mittlerweile war die Masse ein gutes Stück von uns entfernt, sodass wir ungesehen in den Laden rennen konnten. So unauffällig schien es aber doch nicht gewesen zu sein, denn die ersten Zuschauer begannen den Namen des Ladens zu schreien, in dem wir uns befanden.

»Hier lang«, sagte Luki und ging geradewegs auf eine der Umkleidekabinen zu. Es war nur noch eine frei.

»Wir gehen da jetzt aber nicht alle zusammen rein, oder?!« Moritz schaute uns an, wir schauten ihn an. Und mit einem Satz waren wir doch alle in derselben Umkleide und zogen die Vorhänge hinter uns zu. Sicherheit!

Jetzt nahmen wir wahr, wie sich ein Mädchen bei einer Angestellten im Laden nach uns erkundigte. Da die arme Frau natürlich vollkommen überfordert war, sprach sie dem kleinen Mädchen stattdessen eine Empfehlung für einen teuren Herrenanzug aus, den es in dieser Situation sicherlich als Allerletztes hätte gebrauchen können.

»Was zur Hölle war da eben los?«, setzte ich noch einmal an, weil ich mir beim besten Willen nicht vorstellen konnte, wie es zu dem eben beschriebenen Szenario gekommen war.

»Also …«, fing Fitti an, der immer noch vollkommen außer Atem war. Ich war mir sicher, einen durch lange Fingernägel erzeugten Kratzer auf seinem Nacken wahrzunehmen.

»Wir wollten wie abgesprochen in der ersten Etage die Zuschauer treffen. Ihr wart ja noch nicht da, also haben wir schon einmal angefangen.«

»Ja, weil Jonas vergessen hat mich abzuholen«, grätschte Moritz dazwischen. Ich rollte mit den Augen, war mir meiner Schuld aber vollkommen bewusst.

Fitti fuhr weiter fort: »Jedenfalls wurden es immer mehr und mehr und irgendwann drängten sie uns nach hinten, wir hatten keine Möglichkeit mehr auszuweichen«.

»Es waren safe 3000 Leute da«, fügte Luki hinzu. Ich stellte mir die Frage, ob ich mit meiner Schätzung von 500 Leuten oder er mit 3000 weiter danebenlag.

»Und was machen wir jetzt?«, fragte Moritz.

In diesem Moment wurden die Vorhänge der Umkleide aufgerissen. Ich rechnete schon fest mit dem Schokoladenjungen, als eine junge Angestellte vor unseren Augen stand. Sie hatte ein hübsches, mit Sommersprossen übersätes Gesicht und eine ansehnliche Figur, trug einen viel zu engen Rock und offensichtlich keinen BH. Ich war mir sicher, dass Fitti, Luki, Moritz und ich in dem Moment alle das Gleiche dachten.

»Entschuldigen Sie, die Herren, aber was geht hier drinnen vor?«

Wir schauten uns gegenseitig entsetzt an. Fitti begann zu stottern und ich hatte Angst, dass er irgendwas mit »BH« sagen würde, also griff ich ein: »Wir probieren Anzüge an.«

»Aber Sie haben doch gar keine Anzüge bei sich«, gab sie zurück, womit sie natürlich absolut im Recht war. Ich ärgerte mich über meine dumme Antwort. Ich konnte mir jetzt abschmieren, sie im Anschluss nach ihrer Nummer zu fragen.

»Wir messen ja auch erst mal unsere Größen«, entgegnete Moritz ihr überzeugend und begann dabei demonstrativ, Fittis Oberteil auszuziehen.

Ich wette, Fitti hätte sich eigentlich wehren wollen, aber die Situation ließ es einfach nicht zu.

»Sie messen ihre Größen? Hier drinnen? Zu viert?«

Wir nickten roboterartig, während Fitti mittlerweile oberkörperfrei und bedröppelt zwischen uns stand.

Die Frau blickte uns noch kurz skeptisch an, zog dann aber die Vorhänge wieder zu, vermutlich mehr aus Scham oder vielleicht sogar aus Angst vor uns Psychopathen.

»Zieh mich nie wieder aus!«, zischte Fitti.

Luki, Moritz und ich mussten lachen.

»Jungs, wie wäre es mit einem neuen, etwas größeren Fantreffen nächste Woche?« Luki feierte sich selber für die bescheuerte Frage.

»Ich wette, wir bekommen eine fette Anzeige«, gab Moritz etwas niedergeschlagen zurück. Fitti schüttelte den Kopf.

»Quatsch, die wissen doch gar nicht, wer wir sind.« In dem Moment nahmen wir von draußen laute Schreie wahr: »FI-TTI, MO-RITZ, JO-NAS, LU-KI!«

Entgeistert schauten wir uns an, wissentlich der Tatsache, dass wir hier wohl noch einige Stunden ausharren müssen.

»Ich fang schon mal an, eure Größen auszumessen.« Mit diesem Satz ließ ich mich auf den Boden fallen und machte es mir zwischen Kleiderbügeln und einer einsam zurückgelassenen Krawatte bequem.

Kapitel 3

Berlin

19. September

Ich chillte auf meiner Sonnenliege, während ich erfrischenden Orangensaft trank. Die Sonne strahlte intensiv auf meinen viel zu bleichen Bauch, der präventiv mit einer dicken Schicht Sonnencreme eingeschmiert war.

Ich kramte ungeduldig in meiner Hosentasche nach meinen Kopfhörern, als mein Handy mit rhythmischer Vibration signalisierte, dass ich eine E-Mail erhalten hatte. Ich ging vom Schlimmsten aus.

Nach dem erschreckenden »Meet & Greet«-Desaster letzte Woche, bei dem aber zum Glück niemand verletzt, dafür aber das halbe Einkaufszentrum verwüstet wurde, fürchtete ich mich vor jeder neu eintreffenden E-Mail mit dem bösen Betreff »Schadensregulierung«, sodass die Vibration, die ich in diesem Moment spürte, mir Gänsehaut über die Arme jagte.

Als ich meine E-Mail-App öffnete, wurde ich jedoch vorerst beruhigt. Keine E-Mail vom Security-Team Berlin, dafür aber direkt von YouTube.

Das kam nicht oft vor.

Normalerweise bekam man nur Nachrichten von YouTube, wenn irgendetwas besonders Tolles oder Schlimmes passiert war.

Als ich die Eine-Million-Abonnenten-Marke geknackt hatte, hat sich YouTube beispielsweise bei mir gemeldet. Als ich versehentlich einen urheberrechtlich geschützten Song in meine Videos eingebaut hatte und ich deswegen eine Ermahnung erhielt, hat sich YouTube auch gemeldet.

Ich war also bereit für alles, Hauptsache keine Schadenregulierung für zertrümmerte Hollister-Läden.

Aufgeregt versuchte ich mich auf den Inhalt der Nachricht zu konzentrieren.

Lieber JONAS,
vielen lieben Dank, dass Du seit vielen Jahren schon Webvideo-Creator bist und die Plattform mit Deinen kreativen Inhalten bereicherst.

Ich musste schmunzeln, weil man deutlich merken konnte, wie allgemeingültig und auf jeden zutreffend diese E-Mail formuliert wurde. Von einer Bereicherung der Plattform durch meine Videos konnte man nämlich nicht wirklich reden. Ich produzierte größtenteils stumpfe Unterhaltungsvideos, die nicht auf inhaltliche Tiefe ausgelegt waren. Zudem war ich mir insgeheim schon immer darüber im Klaren, dass ich meine hohe Reichweite zumindest an manchen Tagen sinnvoller nutzen könnte. Vielleicht würde ich zum Beispiel eines Tages mal ein Buch schreiben – am besten eins, hinter dem ein guter Zweck steht. Trotzdem saugte ich das Lob auf wie ein ausgetrockneter Schwamm.

Als Dankeschön möchte Dir Dein YouTube-Team nun etwas zurückgeben.

Beim Überfliegen dieser Zeile dachte ich bereits darüber nach, aus welchem Material der Playbutton diesmal bestehen könnte, den man regulär immer nur bei Erreichen eines bestimmten Abonnenten-Meilensteins erhielt.

Wir laden Dich herzlich zum diesjährigen YouTuber-Creator-Camp in Schweden ein! Drei Tage kostenlose Workshops und Seminare, Austausch mit echten Profis, jeder Menge Spaß und Leidenschaft sowie unvergesslichen Feierlichkeiten am Abend.

Und das Beste: Es geht bereits in einer Woche los! Ein Shuttlebus wird Dich einsammeln und direkt ins Camp bringen!

Wow, jetzt war ich tatsächlich ziemlich beeindruckt. Natürlich wäre durchaus noch Platz für weitere Playbuttons an meiner Wand, aber diese Einladung klang schon wirklich attraktiv.

Ein Creator-Camp nur für YouTuber? Klingt wie die spannende Version einer Klassenfahrt, bei der nur jene Klassenkameraden teilnahmen, die die eigenen Interessen teilten.

Ich überflog die letzten Zeilen der E-Mail. Außer dem Wunsch einer frühzeitigen Rückmeldung und der Information, dass es sich um eine automatisch generierte E-Mail handelte, war noch eine aufschlussreiche Teilnehmerliste beigefügt.

Zu meiner großen Freude wurden sowohl Fitti als auch Moritz und Luki eingeladen, sodass kurzzeitig das Kopfkino entstand, es könnte sich um eine Undercover-Mail der Betreiber der Einkaufspassage handeln, die uns jetzt eins auswischen wollten.

Diesen Gedanken verwarf ich jedoch schnell, als ich die anderen YouTuber in der Liste las.

Ein unangenehmes Gefühl erfüllte mich. Die meisten dieser Leute konnte ich nicht wirklich leiden, auch deswegen, weil ich mir sicher war, dass sie mich nicht leiden konnten. Und zu wissen, dass ich nun einige Tage mit ihnen gemeinsam an einem Ort verbringen müsste, gefiel mir gar nicht.

Nur nicht zu schnell urteilen, redete ich mir ein. Das ist immer ein Fehler!

Ich sagte zu, nahm noch einen großen Schluck Orangensaft und wollte mich gerade wieder gemütlich der Sonne widmen, als mein Handy erneut im bekannten E-Mail-Rhythmus vibrierte.

Verängstigt schaute ich aufs Display, um dann

im direkt darauffolgenden Moment den befürchteten Betreff »Schadenregulierung« lesen zu müssen.

Zum Glück würde ich die nächste Zeit erst einmal in Schweden abtauchen können, bis etwas Gras über die Sache gewachsen war.

Kapitel 4

Berlin

26. September

Es wuchsen bereits Gras und Unkraut zwischen den Pflastersteinen des alten Parkplatzes am Fabrikgelände, so ungepflegt und unbesucht war er.

Moritz und ich warteten bereits eine ganze Weile auf den versprochenen Shuttlebus, der dann in weniger als zehn Stunden im schwedischen Creator-Camp eintreffen sollte. Eine genaue Zieladresse wurde uns nicht mitgeteilt, dafür aber, dass jeder eine eigene Suite mit Kingsize-Bett bekäme.

Ungeduldig lief Moritz auf und ab, was mich in den Wahnsinn trieb.

»Kannst du bitte mal damit aufhören?!«

Er schaute mich irritiert an, blieb kurz stehen und fing dann provokant an, noch hibbeliger auf und ab zu laufen. Gerade als ich ihm ein Bein stellen wollte, vernahmen wir Motorgeräusche.

Der Shuttlebus, der wenige Sekunden später um die Ecke tuckerte, hätte zu meiner Freude aus einem Ami-Teenager-Film entführt sein können, so gelb und klassisch sah er aus.

»Ich wusste gar nicht, dass es solche Busse in Deutschland gibt«, staunte Moritz beeindruckt. Zustimmend nickte ich.

Der Bus kam mit einem ungesunden Quietschen direkt vor uns zum Stehen und die vorderen Türen öffneten sich lautstark. Der Mann hinterm Steuer war etwa Mitte vierzig und wirkte nicht gerade wie ein klassischer Busfahrer. Er trug weder Hemd noch Krawatte, sondern ein beflecktes Unterhemd. Shorts bedeckten seinen behaarten Körper, und sein Gesicht zierte einen Schnauzbart. Mit aggressivem Ton forderte er uns auf, den Bus zu betreten: »Wird's bald oder wurzelt ihr schon?«

Wir ließen uns nicht noch einmal bitten und betraten den viel zu kühl klimatisierten Bus. Eine Erkältung war programmiert.

Mit einem Blick erfasste ich, dass der Bus noch ziemlich leer war. Offensichtlich würden wir den Rest der Leute noch in den nächsten Stunden einsammeln, oder es fuhren gleich mehrere Shuttles nach Schweden.

In der letzten Reihe winkte uns Fitti bereits freudig entgegen, der mich dadurch an ein kleines Hündchen erinnerte, das sich darauf freut, dass sein Herrchen endlich wieder nach Hause kommt.

In der Reihe davor saß ein YouTuber namens Luca, auf YouTube auch »Concrafter« genannt. Er hörte Musik und schien eher unbeeindruckt von den vorherrschend kalten Temperaturen zu sein, denn er trug nur ein weißes T-Shirt und eine modisch zerrissene Jeans. Er bewegte seinen Kopf im Takt zur Musik und schien gar nicht bemerkt zu haben, dass wir den Bus betreten haben. Wir kannten uns nicht persönlich. Da er aber, genau wie ich, vor allem Unterhaltung und Comedy auf YouTube machte, war er mir direkt sympathisch.

In der ihm gegenüberliegenden Reihe saß Julia Beautx – so hatte sie sich jedenfalls mir bei unserem ersten Treffen vorgestellt –, die ebenfalls Unterhaltungsvideos machte. Ich kannte sie schon länger und hatte sogar ab und zu schon mit ihr gedreht. Ihr schien die Kälte dagegen schon wesentlich stärker zuzusetzen, denn sie hatte sich in einen warmen, rot leuchtenden Pullover verkrochen, aus dem man ihr Winken nur schwer erahnen konnte.

Ich winkte zurück und steuerte mit Moritz auf die Viererreihe zu, die Fitti für uns freihielt.

»Wo steckt Luki?«, fragte ich Fitti interessiert, da ich davon ausging, er würde mit ihm zusammen anreisen.

»Er kommt nicht. Hat er euch das nicht gesagt?« Irritiert schaute ich Fitti an und schüttelte misslaunig den Kopf.

»Luki ist krank geworden. Voll mies.« Fitti zuckte mit den Schultern.

Ich kramte mein Handy hervor und schaute mir noch einmal den Whatsapp-Verlauf mit Luki an. Zu meiner Verwunderung konnte ich nichts von einer Erkrankung lesen. Mit lautem Brummen fuhr der Bus los.

Der nächste Halt war etwa drei Stunden später, an einem deutlich gepflegteren Parkplatz. Davon konnte sich Berlin wirklich noch etwas abschauen.

Da ich in der Mitte der Viererreihe saß, konnte ich nicht erkennen, wer draußen vor dem Bus stand. Diejenigen brauchten aber offensichtlich ebenfalls einen zweiten Anlauf, bis sie dem Busfahrer seinen Beruf abkauften und seiner Aufforderung nachkamen, den Bus zu betreten.

Herein kamen Marcel Scopion und Sonny Loops, ein YouTuber-Pärchen, zu denen ich definitiv kein gutes Verhältnis hatte, hauptsächlich der Tatsache geschuldet, dass wir derartig identischen Content machten, dass immer wieder behauptet wurde, wir würden vom jeweils anderen Ideen kopieren und Content klauen. Nicht, dass das zwischen uns mal direkt zur Sprache kam, wir haben bisher noch nie ein Wort gewechselt, aber in der Luft lag ein negatives Unwohlsein, als sich unsere Blicke trafen. Ich mochte sie nicht und sie mochten mich nicht. So musste es sein.

Die beiden nahmen in der ersten Reihe des Busses Platz, sicher aus Bequemlichkeit.

Anschließend folgten noch zwei YouTuber namens Nico, der sich auf YouTube »Inscope21« nannte, und Julian, besser bekannt als »Jarow«. Mit beiden hatte ich bisher noch nichts zu tun, sodass ich mir bislang schwer eine Meinung über sie bilden konnte. Sie produzierten zum Teil satirische Videos, sodass ich ihnen natürlich schon das ein oder andere Mal zum Opfer gefallen bin. Größtenteils gefiel mir aber das, was sie machten.

Nico war ein breit gebauter Typ, Kurzhaarschnitt, funkelnde Augen, Mädchenschwarm schlechthin. Er hatte so kräftige Oberarme, dass ich mir sicher war, er könnte Luki und mich mit seinem kleinen Finger anheben.

Julian war nicht so muskulös. Er trug ein schlichtes, schwarzes T-Shirt und eine kurze, blaue Jeans. Der Arme würde noch bitter frieren, dachte ich.

Dafür, dass wir nur drei Tage verreisen würden, hatte er einen beachtlich großen Rucksack dabei, den er schnaufend in eins der Ablagefächer über den Sitzen pfefferte.

Beide nahmen in der Mitte des Busses Platz, sodass Ralf – wie sich der Busfahrer uns in einer Durchsage vorgestellt hatte – den Bus wieder starten und schließlich weiterfahren konnte.

Während der Fahrt spürte ich, wie meine Augen langsam schwerer wurden. Ich hatte an diesem Morgen schon früh aus dem Bett gemusst, weil wir – so war es ausgemacht – um sechs Uhr abgeholt werden sollten. Dass Ralf auch auf der Autobahn gefühlt nur Schrittgeschwindigkeit fuhr und sich deshalb deutlich verspätete, hatte uns niemand frühzeitig gesagt.

Ich schloss also für einen Moment meine Augen und als ich sie, gefühlt wenige Sekunden später, wieder öffnete, schaute ich in vertraute Augen. Für einen Moment dachte ich, ich würde träumen, denn Luki hatte es sich auf dem Platz neben mir gemütlich gemacht. Doch als mir dann der hämisch grinsende Fitti gegen die Schultern haute, war mir klar, dass er mich nur verarscht hatte. So ein Komiker.

»Wenn er jetzt wirklich krank gewesen wäre, würdest du nicht mehr so lachen«, gab ich zurück und freute mich, dass Luki nun doch dabei war.

»Auf nach Schwerin!«, feuerte Luki uns an, wobei ich mir nicht sicher war, ob der nächste Halt wirklich Schwerin sein würde oder ob er das mit Schweden verwechselte.

Inzwischen waren noch weitere YouTuber im Bus zugestiegen. Ein paar Reihen vor uns hatte die Beauty-Sektion von YouTube Platz genommen. Angeführt von Alicia, der größten Fashion- und Modebloggerin in Deutschland, daneben Lisa-Marie Schiffner und Denise, die ich beide nur flüchtig von Instagram kannte.

Alicia dagegen war in aller Munde und gehörte zu dieser einen Art Mensch, mit der man entweder befreundet oder verfeindet war, dazwischen gab es kaum Raum.

Ich wollte gar nicht weiter darüber nachdenken, wie viele Leute jetzt hier im Bus saßen, zu denen ich keinen guten Draht hatte, musste aber zu meinem Erschrecken feststellen, dass da noch jemand war, den ich noch weniger leiden konnte. Ich blickte zu dem etwa Zwanzigjährigen rüber, der mit finsterer Miene zurückstarrte.

Larc war Meinungsblogger und Kritiker. Seine Art zu kritisieren, war alles andere als konstruktiv. Lieber verwendete er in seinen Videos allerlei Schimpfwörter und adressierte seine hasserfüllten Kommentare meistens an YouTuber, die über eine riesengroße Anhängerschaft verfügten. Auf diese Weise kam er mit der Zeit selbst an viele Abonnenten.

Seine beiden Unterworfenen – offiziell natürlich nur Freunde – hatte er auch mitgebracht. Ihre Namen waren mir nicht bekannt.

»Wie lang habe ich eigentlich gepennt?«, fragte ich in die Runde, stieß aber nicht auf viele Zuhörer, da alle außer Luki Musik hörten.

»Ich bin vor einer Stunde eingestiegen und da hast du schon tief und fest gepennt.«

Ich rieb meine Augen und versuchte, dabei nicht wie ein müdes Kätzchen auszusehen, das sich mit seinen Pfötchen durchs Gesicht fuhr. In dem Moment wurde mir klar, dass die Müdigkeit vermutlich durch die Reisetabletten verursacht worden war, die ich am Morgen eingenommen hatte.

Kurzzeitig spielte ich mit dem Gedanken, Larc heimlich ein paar davon in sein Getränk zu schütten, als der Bus plötzlich zum Stehen kam.

Kapitel 5

Rastplatz Marienwerder

26. September

Ich kam schnaufend zum Stehen, nachdem ich drei Runden um den trostlosen Rastplatz gejoggt war. Die nächsten fünf Stunden würde ich, von Luki und Fitti umzingelt, auf einem unbequemen Sitzplatz in einem ruckelnden Bus verbringen. Jede Chance auf Bewegung war da eine willkommene Abwechslung.

Ich schaute mich etwas um. Ralf war gerade dabei, sich seine fünfte Zigarette anzuzünden, hatte aber wegen des Winds kein leichtes Spiel.

In der Ferne konnte ich Larc mit seinen beiden Freunden ausmachen, die offensichtlich in einer hitzigen Debatte mit Nico und Julian waren – worüber sie stritten, konnte ich nicht heraushören. Zwar hätte mich der Inhalt interessiert, ich wäre mir aber auch sehr unreif vorgekommen, wenn ich mich einfach dazugestellt hätte.

Gerade als ich mich der Frage widmete, ob ich lieber an einen Baum oder in eines dieser widerlich stinkenden Urinale in den Waschräumen pinkeln sollte, vernahm ich einen weiteren Streit.

Ich ging den Stimmen nach, um den Bus herum und wurde Zeuge einer stereotypischen Rudelbildung, wie man es eigentlich nur aus Schulzeiten kannte. Würde sich gleich jemand prügeln?

»Du kannst mich mal am Arsch lecken, du Freak!« Alicia schien außer sich zu sein. Ich war mir sicher, unter der ausführlichen Schicht Make-up lief sie gerade tomatenrot an.

»Und noch mal, es war keine Absicht«, stammelte Fitti, der sichtlich eingeschüchtert war.

»Na klar, du gehst einfach mal so aufs Mädchenklo und machst Fotos«, führte Denise weiter aus, die mit Lisa verteidigend direkt hinter Alicia stand.

Langsam ergab sich für mich ein Bild, das jedoch absolut nicht zu Fitti passte. Moritz, der ebenfalls mitten im Getümmel stand, mischte mit: »Was wollt ihr denn eigentlich? Er dachte, es wäre das Herrenklo, und damit Ende.«

Die Mädchen schnappten nach Luft, waren außer sich wie eine Schar aufgebrachter Hennen.

»Ihr Jungs seid alle gleich, komplett krank im Kopf.« Alicia wollte gar nicht mehr aufhören: »Wenn du das Bild nicht sofort löschst, dann zeig ich dich an!«

Zu meinem großen Mitleid schaffte es Fitti schon

gar nicht mehr zu antworten, so verängstigt war er, während sich Alicia immer größer vor ihm machte. Meine Zeit einzugreifen: »Könnt ihr mal alle ruhig bleiben?«

Jetzt schauten mich alle an. Für einen Moment wünschte ich mir, nichts gesagt zu haben.

»Was willst du denn jetzt, Blondie? Geh lieber auf der Autobahn spielen«, fauchte Alicia mich an. Ich wusste nicht, wie ich klug auf diesen Satz reagieren sollte, und lief nun selber rot an, was die Situation für mich nicht gerade besser machte.

Gerade als Alicia noch einen draufsetzen wollte, sprach jemand hinter mir: »Für jemanden, der seine Zuschauer jeden Monat mit einem Gewinnspiel dreckig abzieht, hast du eine ganz schön große Fresse.«

Marcel war in die Runde getreten. Alicia schaute erschrocken auf, ehe Marcel noch einen draufsetzte:

»Lass doch die Leute, die gar nichts getan haben, einfach in Ruhe.« Ich wusste nicht, ob sich sein Satz auf ihre Zuschauer oder auf uns bezog, jedenfalls hatte es seine Wirkung und Alicia drehte sich mit einer arroganten Bewegung um und ging Richtung Bus, Lisa und Denise folgten ihr fluchtartig.

»Was für ein Scheiß«, sagte Moritz und tippte sich spöttisch an den Kopf.

»Hast du wirklich Bilder auf dem Mädchenklo

gemacht?« fragte ich Fitti grinsend. Mittlerweile war ich nicht mehr rot.

»Nein, ich schwöre, ich habe nur eine Nachricht auf dem Handy geschrieben, als ich aufs Klo gehen wollte. Ich hatte nicht gesehen, dass dies das Mädchenklo war …« Fitti wirkte noch immer etwas neben der Spur.

»Es war wirklich so«, schaltete sich nun Sonny, die Freundin von Marcel, ein, »ich habe es selber gesehen. Alicia ist einfach komplett beschränkt.«

Ein zustimmendes Nicken ging durch die Runde. Zeitgleich hatte Ralf offensichtlich seine Schachtel Zigaretten leer geraucht, denn er rief nun alle wieder zur Weiterfahrt zusammen.

Während die anderen schon einstiegen, ging ich noch einmal zur Wiese mit den Bänken, an der ich eben noch meine Sportübungen gemacht hatte. Ich hatte Luki versprochen, ihn von dort abzuholen, wenn wir weiterfahren würden, da er mit Kopfhörern telefonierte und von der Außenwelt nichts mehr mitbekam.

»Bro, wir fahren jetzt wieder.«

Luki machte mit einer Geste deutlich, dass er noch einen Moment bräuchte. Ich setzte mich neben ihn auf die Bank und beobachtete die Raststätte.

Mich faszinierte dieser Ort. Er war immer nur ein Mittel zum Zweck für Leute, die pausierten, vielleicht schliefen, ihr Geschäft verrichteten oder einfach nur für einen Moment frische Luft schnappen wollten. Dieser Ort war immer nur ein Stopp, niemals aber das Ziel.

Ich überlegte, ob ich selbst überhaupt feste Ziele hatte oder doch alles nur ein Stopp oder kurzer Moment war, der dazu diente, einem imaginären Ziel nachzujagen, das man letztendlich sowieso niemals erreichen würde.

Und selbst wenn man ein Ziel anvisierte, daran hart arbeitete und schließlich sogar erreichte – selbst dann wäre es nur temporär, nur für eine kurze Zeit, einen kleinen Moment befriedigend und erfüllend, bevor anschließend wieder neue Ziele und Träume in unseren Kopf projiziert werden würden. Das war vermutlich der Kreis des Lebens.

Selber beeindruckt von meinem Gedankengang, kamen mir plötzlich Nico und Julian entgegen.

»So ein verdammtes Arschloch, was denkt er, wer er ist?« Nico war außer sich.

»Wegen Leuten wie Larc geht YouTube Deutschland kaputt, ganz ehrlich«, fügte Julian hinzu.

Mehr konnte ich nicht verstehen, weil sie strammen Schrittes an uns vorbeiliefen.

Auch das brachte mich ins Grübeln. Wie war es dazu gekommen, dass so viel Hass und Feindseligkeit überhandgenommen hatten? Dass nur noch jene schlechten Ereignisse in den Vordergrund gerückt wurden, sich alle nur noch gegenseitig runterzogen, anstatt sich zu helfen. Vielleicht wollten es die Zuschauer so. Vielleicht kam aber auch die Initiative von einzelnen YouTubern, sodass man ihnen die Schuld geben könnte. Vielleicht war es aber auch ein Zusammenwirken aus beidem, das nur dann überwunden werden konnte, wenn alle gemeinsam mit anpacken würden.

»Let's go!« Luki warf mich aus meinen Gedanken und ging los, ich folgte ihm.

Im Bus angekommen spürte ich wieder unangenehme Kälte. Diesmal lag es jedoch nicht an der Temperatur – die Klimaanlage hatte Ralf mittlerweile abgeschaltet –, sondern an der zusammengebrochenen Stimmung. Keiner sagte mehr ein Wort, die meisten hatten bereits Kopfhörer in ihren Ohren.

Diese wurden auch erst dann abgenommen, als Ralf – während er losfuhr und dabei fast einen anderen Bus rammte – erneut eine Durchsage machte:

»Liebe Jutubarinnen und Jutuba, ich habe hervorragende Neuigkeiten. Gerade habe ich die Mitteilung bekommen, dass es im Bus gratis WiFi gibt – dazu müsst ihr euch nur eine App runterladen.«

So machte man Stimmung! Vor allem in einem Bus gefüllt mit Social-Media-Gurus.

Wenige Sekunden verstrichen und schon hatten sich alle sechzehn Insassen die von Ralf empfohlene App auf ihr Handy geladen. Wir hatten zwar kein sonderlich schnelles, dafür aber wenigstens stabiles Internet.

Es ging bergauf!

Kapitel 6

Schwedische Wildnis

26. September

Der Bus fuhr nun schon eine ganze Weile bergauf. Um von draußen etwas mitzubekommen und nicht nur in den tristen Gang blicken zu müssen, hatte ich mit Fitti die Plätze getauscht, der nun eingeschlafen war.

Bäume in allen Größen und Grüntönen rauschten unscharf an uns vorbei. Teilweise brachen Sonnenstrahlen durch das dichte Laub hindurch und zuckten wie Blitze durch die getönten Glasscheiben des Busses.

Schon seit über einer Stunde war uns niemand mehr entgegengekommen, sicher auch der Tatsache geschuldet, dass wir auf keiner asphaltierten Straße mehr fuhren, sondern auf einem ruckeligen Waldweg, der scheinbar ins Endlose führte. Ich konnte es nicht abschätzen, aber ich vermutete, dass um uns herum Tausende Quadratkilometer Wald lagen. Wo auch immer das Creator-Camp lag – es musste ein hübsches Fleckchen mit ganz viel Natur drum herum sein! Denn laut Zeitplan müssten wir bereits in einer Stunde ankommen.

Ich vergewisserte mich noch einmal mit einem Blick auf die Uhr, dann sah ich mich im Bus um. Fitti schlief mit geöffnetem Mund und hatte seinen Kopf auf Lukis Schulter abgelegt, der ebenfalls seine Augen geschlossen hatte.

Moritz war in einem Handyspiel versunken und streckte dabei unbewusst seine Zunge heraus.

Vor uns saß Luca, der immer noch Musik hörte und sich Notizen machte. Vielleicht arbeitete er an einem neuen Videokonzept, vielleicht spielte er Sudoku oder er skizzierte das wunderschöne Landschaftsbild.

Julia schlief ebenfalls, nutzte ihren dicken Pullover nun als Decke und hatte sich fast vollkommen unter ihm verkrochen.

Weiter mittig saß Larc, der einfach nur nach vorne starrte, vielleicht schlief er aber auch, ich konnte es nicht erkennen. Auf seine beiden Freunde hatte ich einen besseren Blick, sie unterhielten sich über irgendwelche Mädchen und nahmen dabei klischeehaft Gebrauch von jedem frauenverachtenden Wort, das aus ihrem Wortschatz hervorgespült wurde.

Alicia machte gerade Selfies von sich, während ihre Freundinnen Lisa und Denise schliefen.

Denise saß direkt am Gang, sodass ich einen guten Blick auf sie hatte. Ohne mit der Wimper zu zucken, würde ich sofort zugeben, dass sie absolut mein Typ war. Sie hatte volles, blondes Haar und ein schmales, sehr ansehnliches Gesicht mit einer niedlichen Nase. Ihre Sommersprossen kamen kaum durch ihr Make-up zum Vorschein, aber ich nahm sie wahr, hatte gar den Wunsch, dass sie weniger Schminke auftragen würde, damit ihre Sommersprossen deutlicher zur Geltung kämen. Obwohl sie schlief, wirkte sie zu meinem Leidwesen auf irgendeine Art unantastbar, beinahe unerreichbar.

Vor ihr saßen Nico und Julian. Nico hatte offensichtlich wahrgenommen, dass ich ein Auge auf Denise geworfen hatte, denn er machte eine neckische Geste, die so etwas bedeutete wie: »Viel Erfolg dabei, sie rumzubekommen.«

Ich nickte ihm peinlich berührt zu. Julian, direkt neben ihm, schien ebenfalls eingeschlafen zu sein.

Kurz hinter Ralf, der angespannt das Lenkrad des Busses umklammerte, saßen nur noch Sonny und Marcel. Als mein Blick zu Marcel wanderte, schaute er mich ebenfalls an. Er grüßte mich und ich versuchte, möglichst cool zurück zu grüßen. Ich war mir jedoch schnell sicher, dass das Peace-Zeichen, das ich mit meinem linken Zeige- und Mittelfinger formte, gar nicht so cool rüberkam, wie ich es mir vorher ausgemalt hatte.

Trotzdem hatte ich bereits jetzt einen wesentlich

besseren Eindruck von Marcel, als ich im Vorhinein befürchtet hatte. An der Raststätte hatte er sich für Fitti eingesetzt, das war nett.

Spannend, wie kleine Gesten, Wörter oder Taten einen Menschen in ein ganz anderes Licht stellen können.

Ich versank wieder in meinen Gedanken und schaute dabei aus dem Fenster. Mittlerweile fuhren wir nur noch geradeaus und der unbefestigte Weg nahm immer schlechtere Zustände an – ehrlich gesagt war ich mir nicht einmal sicher, ob wir uns überhaupt noch auf dem richtigen Weg befanden, so sehr ruckelte der Bus über den katastrophalen Untergrund. Die Wolken hatten sich verdichtet und die Sonne fand keinen Platz mehr durch sie hindurch.

Gerade als ich darüber nachdachte, ob ich meine Augen noch einmal für einige Minuten schließen sollte, blieb der Bus plötzlich stehen. Der Motor wurde abgestellt. Ralf zog schweigend den Schlüssel aus dem Zündschloss und öffnete die vorderen Türen, griff sich einen Rucksack, der vermutlich ihm gehörte, und verließ mit schweren Schritten wortlos den Bus – ohne sich noch einmal umzudrehen.

»Ist wieder Pause?«, fragte Luki verschlafen und schüttelte Fitti von sich ab. Ich zuckte unwissend mit den Schultern.

War das hier wieder eine Art Rastplatz, mitten

im Wald, fragte ich mich? Wenn sich Ralf nur seine Beine vertreten musste, warum hat er dann nichts gesagt?

»Sind wir da?«, rief Larc fragend, der offenbar nicht ganz verstanden hatte, was gerade abging. Übermütig verließ er den Bus. Nun standen auch Larcs Freunde auf und trotteten hinter ihm her. Ich konnte beobachten, wie sie irritiert um den Bus herumliefen und nach etwas Ausschau hielten, das dem Creator-Camp nahekommen könnte. Außer Bäumen, Büschen, Blättern und Ästen war jedoch weit und breit nichts zu erkennen. Von Ralf fehlte bereits jetzt jede Spur.

»Der ist sicher nur kurz pinkeln«, beruhigte ich Luki. Mittlerweile hatte auch Moritz sein Handy weggesteckt und schaute aus dem Fenster: »Dafür braucht man niemals so lange.«

Ich dachte laut nach: »Vielleicht muss er ja auch mal größer, das würde erklären, warum er seinen Rucksack mitgenommen hat.« Wirklich plausibel schien mir das aber selbst nicht zu sein, immerhin sollten wir in den nächsten Minuten das Creator-Camp erreicht haben.

»Jungs, wisst ihr eigentlich, wo es genau hingehen sollte? Mir wurde darüber keine Auskunft gegeben.« Luca aus der Reihe vor uns hatte sich zu uns umgedreht.

Wir verneinten dies.

»Ich habe nicht mal Bilder zum Creator-Camp im Internet gefunden«, fügte nun auch Julia hinzu, »fand ich sowieso schon mega strange.«

»Ihr solltet jetzt nicht in Panik geraten, wird schon gleich weitergehen.« Mit diesen Worten lehnte ich mich zurück, während ich feststellte, dass mittlerweile der ganze Bus die Situation erfasst hatte: Wir waren mitten in der Wildnis Schwedens und niemand konnte sagen, wo genau. Wir wussten nicht einmal die Adresse unseres Zielortes. Das Schlimmste aber war: Der Busfahrer war ausgestiegen und verschwunden. Niemand konnte sagen, ob er überhaupt noch mal zurückkommen würde.

Kapitel 7

Schwedische Wildnis

26. September

Es waren einige ermüdende Minuten verstrichen und allmählich wurde es unruhig im Bus. Auch Larc und seine Jungs waren bereits zurückgekommen. Die Tatsache, dass Ralf wortlos aus dem Bus gestiegen und in den Tiefen der Wälder verschwunden war, war dabei eher zweitrangig. Ein echtes Problem war hingegen die fehlende Internetverbindung. Genau genommen war das komplette Netz tot – kein Internet, kein Telefonempfang. Und ohne einen Schlüssel, um den Motor wieder einzuschalten, konnte der Router im Bus nicht laufen und das eigene WiFi ausstrahlen. Wir waren komplett abgeschnitten von jeglicher Zivilisation!

»Ich habe eigentlich 'ne Auslandsflat«, erklärte Lisa und hielt ihr Handy aus dem Fenster, um irgendwo ein letztes Fünkchen Empfang aufzugabeln.

»Wir sind hier mitten im Nichts, das bringt dir gar nichts«, entgegnete Moritz. Sie versuchte es weiter, bis ihr Arm zu müde wurde und sie ihn schließlich wieder reinholte.

Ich lauschte dem Gespräch von Larc mit seinen Jungs, die bereits anfingen, ihr Reiseproviant aufzumampfen.

»Wir können hier nicht dumm mit den Trotteln rumsitzen, dafür ist mir meine Zeit zu kostbar.« Larc war ganz klar das Alphatier in seinem Rudel. Ich wartete auf Beifall.

»Du hast recht, Larc. Was schlägst du vor?«

»Wir folgen einfach dem Weg, den wir hergekommen sind. Alles andere ergibt keinen Sinn.« Seine Jungs nickten eifrig, während er sich seinen Rucksack aufsetzte.

»Freunde, wir machen 'nen Abflug«, rief er provokant in die Runde.

Außer Nicos abfälliger Geste gab es keine Reaktion darauf. Letztendlich sind drei Vollidioten mehr oder weniger in unserem Bus auch nicht dramatisch.

»Was machen wir denn jetzt?«, fragte Fitti vorsichtig. Ich dachte scharf nach. Im Grunde gab es drei realistische Möglichkeiten. Für die erste hatte sich Larc entschieden. Wenn man nicht weiter vorankommen konnte, musste man einfach den Weg zurückgehen, den man hergekommen war – irgendwann würde man zwangsläufig wieder auf Zivilisation treffen.

Der Haken an der Sache war jedoch, dass wir schon Ewigkeiten geradeaus gefahren waren. Vielleicht würde Larcs Team nur einen Tagesmarsch brauchen, wenn sie Glück hatten. Bei Pech könnten es auch zwei oder drei Tage sein, unter freiem Himmel, schutzlos der Natur ausgeliefert. Ein Zelt oder Schlafsäcke hatte niemand dabei – schließlich waren wir alle davon ausgegangen, morgen früh in Kingsize-Betten aufzuwachen.

Die zweite Möglichkeit war die einfachste: nichts tun und auf Hilfe warten. Im Bus würde man die Nacht bestimmt nicht erfrieren und war sicher vor allem, was einem in freier Wildbahn über den Weg laufen konnte – darüber wollte ich an dieser Stelle gar nicht intensiver nachdenken.

Problem an der Sache war jedoch, dass wir im Nirgendwo feststeckten. Es könnten Wochen vergehen, bis uns jemand finden würde. Bis dahin wären wir längst verhungert oder verdurstet.

Die dritte und für mich sinnvollste Methode war die Suche nach dem verschwundenen Busfahrer. Selbst wenn er aus unerklärlichen Gründen nicht weiterfahren wollte, könnte er uns wenigstens die Zündschlüssel geben und wir würden alleine ans Ziel fahren. Immerhin musste sich Ralf irgendwo hier im Wald aufhalten, wenn er nicht durch außerirdische Kräfte weggebeamt worden war.

Überzeugt von dieser Methode, stellte ich sie der Runde vor. Luki, Fitti und auch Moritz stimmten mir zu, sodass wir das Nötigste zusammenpackten und uns auf den Weg nach draußen machten.

»Wohin geht's?«, fragte mich Julian auf dem Weg nach draußen.

»Wir suchen Ralf«, antwortete Moritz für mich, der gerade einen Pullover überzog, weil es draußen tatsächlich ganz schön frisch geworden war. Es war erst Nachmittag, aber durch die dichte Wolkendecke drang kaum mehr wärmendes Sonnenlicht.

»Das ist dumm, ihr wisst doch nicht einmal, wo der hingelaufen ist«, entgegnete Alicia nun schnippisch von hinten. Warum war sie so? Warum musste sie ständig jedem auf den Sack gehen?

Wir ignorierten Alicia und verließen den Bus. Gerade als wir aufbrechen wollten, rief Marcel uns hinterher.

»Wartet mal!« Er und Sonny stiegen nun ebenfalls aus dem Bus. »Wir helfen euch. Der Kerl ist zwischen den Bäumen da vorne langgelaufen«, er zeigte mit den Fingern zwischen zwei krumme Nadelbäume. Einige Äste waren abgeknickt, was darauf schließen ließ, dass die beiden ihn dort wirklich gesehen haben.

Ohne ein weiteres Wort zu verlieren, betraten wir den Wald. Es war beunruhigend still. Kein Autobahnrauschen, kein von einer Horde Fans verursachtes Kreischen, nicht einmal Gemurmel. Nur viele Büsche,

Laub- und Nadelbäume sowie ein paar Zugvögel, vermutlich Wildgänse, die gerade zu neuen Ufern aufbrachen. Sie hatten die Übersicht, konnten alles von oben aus sehen und wussten garantiert, wo sie sich gerade befanden und wo es hingehen sollte. Verrückt, wie aufgeschmissen der Mensch ohne technische Hilfsmittel war.

Nach einigen Metern erreichten wir die ersten, undurchdringbaren Barrikaden. Ein Gestrüpp aus Pflanzen, übersät mit langen Stacheln, wucherte hier meterhoch am Boden.

»Der ist never hier entlanggelaufen«, stellte Luki fest. Ich musste ihm zustimmen: »Vielleicht ist er auch schon früher irgendwo abgebogen.«

Die Ratlosigkeit stand uns allen ins Gesicht geschrieben.

»RAAALF!«, schrie Moritz jetzt laut los.

»RAAAAAALF«, tat es ihm Fitti gleich, dicht gefolgt von Sonnys »RAAAAAAALF«.

Keine Antwort. Nicht einmal ein Vogel flog auf. Keine Reaktionen.

»Alter, das gibt's doch nicht! Wo ist der Kerl denn hin, hier ist doch nichts.« Marcel blickte sich nach allen Seiten hin um.

»Vielleicht muss man das ganz anders angehen«, führte Sonny aus, »wir sollten uns mal Gedanken machen, was hier überhaupt los ist. Ich meine …« Sie stoppte ihren Gedankengang. Ich verstand, was sie meinte, nichts ergab wirklich Sinn.

»Meint ihr, Ralf wusste überhaupt, wo er hinfährt?« Eine berechtigte Frage von Fitti.

»Er hatte auf jeden Fall ein Dokument dabei, wo eine Route draufstand, das habe ich gesehen.« Sonny dachte weiter nach. »Ich glaube nur, dass er es in seinen Rucksack gesteckt und mitgenommen hat.«

Nun schaltete sich Luki wieder ein: »Ja, aber meint ihr überhaupt, dass hier dieses Creator-Camp in der Nähe ist?« »GIBT es denn überhaupt ein Creator-Camp?!« Erschrocken drehten wir uns alle um. Hinter uns stand Luca, der offensichtlich das Gespräch mitgehört hatte.

»Ich meine … mal ehrlich. Wir bekommen eine E-Mail, sind alle megabegeistert, steigen einfach in 'nen wildfremden Bus ein … diese E-Mail könnte uns jeder geschickt haben. Wir wissen ja nicht einmal, wo es überhaupt hingeht.«

Diese Worte saßen. Mein Magen fühlte sich plötzlich flau an, alles begann, sich um mich herum zu drehen.

Wenn ich an mein gesamtes Leben zurückdachte, war ich glücklicherweise bisher nie in einer Situation, in der ich ernsthafte Sorgen um mich und mein Leben hatte. Doch dieses Mal fühlte es sich anders an, diesmal lag etwas wirklich Gefährliches in der Luft …

Kapitel 8

Im Wald

26. September

»Da sind Tausende Mücken in der Luft, schaut mal!«

Luki zeigte mit ausgestrecktem Zeigefinger auf einen Schwarm auf und ab fliegender Insekten.

»Stellt euch mal vor, die stechen einen alle auf einmal!« Fitti musste lachen und schüttelte sich zugleich.

»Keine Sorge, das passiert nicht. Nur Weibchen stechen. Und die in den Schwärmen …«, ich deutete auf die Ansammlung umherirrender Stechmücken, »… sind meistens Männchen. Durch das Hin- und Herfliegen wollen sie möglichen Partnerinnen imponieren.« Luki und Fitti lauschten gespannt meinen Worten.

»Vor allem bedeutet das aber, dass es demnächst gewittert«, vollendete ich meinen Vortrag. Weil Biologie immer mein Lieblingsfach gewesen war, hatte ich dabei in der Schule besonders gut aufgepasst.

Luki, Fitti und ich hatten uns von den anderen getrennt. Während Marcel, Sonny, Moritz und Luca rechts an den Stachelbüschen vorbeigelaufen waren, hatten Luki, Fitti und ich den linken Flügel übernommen. In einem Horrorfilm wäre das Aufteilen ein Todesurteil, in unserem Fall schien es trotzdem klug zu sein.

Wir folgten einige Meter einem Wildwechsel, auf dem sich deutliche Spuren am Boden abzeichneten, und erreichten schließlich einen kleinen, schlammigen Tümpel. Hier waren Flora und Fauna wesentlich ausgeprägter, deutlich konnte man das Summen verschiedener Insekten in den unterschiedlichsten Tonlagen wahrnehmen, nur übertönt von einem ungleichmäßigen Quaken einer Kröte, die wir zwar nicht sehen konnten, aber zwischen dichtem Schilf vermuteten.

Im trüben Wasser konnte man kleine und große Silhouetten von Fischen wahrnehmen, die zufrieden vor sich her schwammen. Sie gehörten hierhin, waren hier zu Hause. Wir gehörten hier nicht hin und zu Hause waren wir hier erst recht nicht.

»RAAALF!«, schrie Luki demotiviert. Er überlegte kurz. »Mal ehrlich. Wenn er wiederkommen wollte, wäre er das wohl schon längst.«

Fitti stimmte ihm bedrückt zu: »Ihn jetzt hier zu rufen, bringt gar nichts. Ehrlich gesagt, will ich ihn gar nicht wieder treffen, irgendwie macht er mir Angst.«

Auch mir wurde etwas mulmig zumute.

Wenn es nun kein Zufall war, dass wir hier gelandet waren und Ralf uns absichtlich hergefahren hatte, dann musste das einen Grund haben.

Wenn wir nun aber versuchen, von hier zu fliehen, könnte das seine Pläne durchkreuzen. Und wer weiß, zu was er dann in der Lage sein könnte. Der Gedanke daran jagte mir einen Schauer über den Rücken.

»Wir sollten auf jeden Fall wieder zu den anderen zurückkehren«, schlug ich vor und traf dabei auf vollste Zustimmung.

»Dann lasst uns hier entlanggehen, das ist definitiv kürzer.« Fitti machte einen Schritt vor, doch Luki blieb abrupt stehen.

»Das ergibt doch gar keinen Sinn, wir sind von da drüben gekommen.« Luki zeigte in die entgegengesetzte Richtung. Ich dachte scharf nach, wo genau wir hergekommen waren, doch hatte ich vor lauter Bäumen bereits selbst die Orientierung verloren. Um uns herum hatten sich zu allem Überfluss bereits drei große Schwärme Mücken gebildet, die sich vollkommen glichen.

»Scheiße, so sicher bin ich mir eigentlich gar nicht«, gab Luki jetzt zu. Fitti bestand weiterhin auf seine Abkürzung, und obwohl ich mir nicht sicher war, ob er das nur tat, weil er nicht zugeben wollte, dass er auch keinen Plan hatte, oder weil er es wirklich wusste, folgten wir ihm bedingungslos. Nach mehreren Minuten Fußmarsch wurde uns klar, dass wir uns vollkommen verlaufen hatten. Der Bus hätte längst vor uns liegen müssen!

Es begann bereits zu dämmern und ein undurchdringlicher Nebel zog auf. Ich zählte die Menge an erschlagenen Mücken auf meinem Körper schon längst nicht mehr mit, als wir plötzlich Schritte wahrnehmen konnten.

Es waren dumpfe, langsame Schritte, aber ganz sicher die eines Menschen, eines besonders großen Menschen.

»Hört ihr das?«, flüsterte ich vorsichtig. Die Frage hätte ich mir sparen können, denn das Gesicht von Fitti war bereits kreidebleich.

»Meinst du, das ist Ralf?«, fragte mich Luki, der noch ziemlich gefasst wirkte. Ich bemerkte, wie meine Knie zu schlottern begannen. Der Nebel zog sich dichter zu und erschwerte die Sicht zunehmend.

»Ich habe keine Ahnung, aber wir sollten es herausfinden.« Schon bereute ich, was ich gerade ausgesprochen hatte, denn jetzt wurde von mir erwartet, dass ich voranging.

Ich nahm meinen ganzen Mut zusammen und pirschte mich langsam nach vorn, geradewegs auf den Ursprung des Geräuschs zu. Fitti und Luki folgten mir auf Schritt und Tritt. Wir kamen den Lauten näher und näher. Mein Herz begann wie wild zu pochen.

»Kannst du schon was sehen?«, erschreckte mich Fitti von hinten.

»NEIN!«, zischte ich ihn an.

Gerade als ich weiter schleichen wollte, wurde es urplötzlich totenstill. Nichts mehr war zu hören, keine Schritte, keine Kröte, keine Insekten. Der Wald war wie stummgestellt.

Ich hielt den Atem an, blieb ganz ruhig. Sekunden vergingen.

Plötzlich, wie aus dem Nichts, gab es einen ohrenbetäubenden Knall, direkt vor uns. Meine Ohren begannen zu fiepen und ich warf mich vor Schreck auf den Boden. Um mich herum wurde es dunkel, ich legte meine Arme in Schutzhaltung vor meinen Kopf. Adrenalin schoss in meinen Körper, doch ich war wie erstarrt.

»Jonas!« Luki rüttelte an mir. »Steh auf, Mann, wir müssen hier weg!« Ich nahm die Hände von meinem Gesicht. Vor mir standen Luki und Fitti, beide mit weit aufgerissenen Augen. Aber wir lebten! Wir lebten!

»Was war das?!«, fragte ich erschrocken.

»Das war ein Gewehr oder eine Pistole oder so was«, stotterte Fitti in der Rückwärtsbewegung. Wir rannten wieder in die Richtung, aus der wir gekommen waren, ohne zu wissen, wo wir überhaupt hinliefen. Hauptsache weg! Unsere Schritte überschlugen sich, in diesem Moment hätten wir jeden Wettlauf mit Leichtigkeit gewonnen.

Gerade als ich kurz vor dem körperlichen Totalversagen stand, trat uns plötzliche eine Gruppe von Menschen entgegen. Fitti schrie vor Schreck laut auf und fiel zu Boden, bemerkte aber schnell, dass es sich nur um Marcel, Sonny, Moritz und Luca handelte.

»Was ist denn mit euch passiert?«, fragte Moritz erschrocken, während er Fitti aufhalf.

»Habt ihr das eben nicht gehört?«, entgegnete ich ihm. Luca trat einen Schritt vor. »Der Schuss, doch. Habt ihr euch verletzt?« Ich holte ruhig Luft und schüttelte den Kopf: »Ich denke, wir sind mit einem Schrecken davongekommen.«

Als ich den Satz aussprach, bemerkte ich, wie glücklich ich darüber war. Obwohl wir noch immer mitten im Wald festsaßen, war ich froh, die Situation heil überstanden zu haben.

»Leute, heißt das, hier läuft irgendein Psycho mit 'ner Waffe rum und schießt auf Menschen?« Marcel starrte uns an. Ich war mir sicher, auch in seinem Gesicht nun einen Ausdruck von Angst zu erkennen.

»Wir wissen nicht, ob er auf uns geschossen hat«, stellte Luki klar, wurde aber direkt von Fitti unterbrochen: »Klar hat er das, warum hat er sonst erst in dem Moment geschossen, als wir ihn fast gesehen haben?«

Wir schauten uns alle ratlos an. Zu viel war an diesem Tag schon passiert, zu wenig davon ließ sich logisch erklären. Wir entschlossen uns, gemeinsam wieder zum Bus zurückzukehren.

Als wir den Startpunkt unserer abenteuerlichen Waldwanderung erreichten, stand das gelbe Fahrzeug noch immer an Ort und Stelle – was auch sonst. Mittlerweile war es so dunkel, dass man kaum die Hand vor Augen sehen konnte. Wir näherten uns dem Bus und konnten von innen wütende Schreie wahrnehmen.

Kapitel 9

Am Bus

26. September

Deine Selbstwahrnehmung ist so peinlich!« Julia schrie es durch den ganzen Bus, doch es war wohl ausschließlich an Alicia gerichtet.

»Mädchen, du bist peinlich! Krieg dich mal wieder ein!« Alicia schien es nicht die Bohne zu interessieren, dass wir wieder da waren.

»Na klasse, ihr kommt auch mal wieder?!« Nico schaute uns alle entgeistert an. Obwohl wir einer Aufgabe nachgegangen waren, fühlte ich mich irgendwie ertappt.

»Wieso, was sollten wir denn sonst machen?«, fragte ich zurück.

Er lachte nur zynisch und legte sich dann auf einen der Sitze. Da ich die gesamte Situation überhaupt nicht einordnen konnte, schaute ich mich im Bus nach Hinweisen um.

Ganz offensichtlich hatte sich Alicia nicht nur mit Julia, sondern auch mit Denise und Lisa in die Haare bekommen, denn die beiden Mädchen saßen jetzt wortlos in einer anderen Reihe im Bus. Meine Blicke wanderten weiter durch den Bus. Julian kramte gerade eine Taschenlampe aus seinem Rucksack hervor, durchaus ein nützliches Utensil.

Larc und seine Freunde waren offensichtlich noch nicht wiedergekehrt, vielleicht waren sie schon längst auf Hilfe gestoßen oder hatten eine Unterkunft zum Nächtigen gefunden. Ob er Rettungskräfte zu uns schicken würde? Oder würde er sich an unserer misslichen Lage ergötzen und einfach gar nichts tun? Bei ihm wusste man nie.

Im Fahrerraum erkannte ich einen Schraubenzieher und Drähte, die im Zündschloss steckten. Zudem schauten Kabel unter dem Lenkrad hervor.

Marcel hatte offensichtlich dasselbe entdeckt: »Krass, den Wagen kurzzuschließen?«

»Versucht, die Betonung liegt auf ›versucht‹. Nicht ›geschafft‹.« Alicia lachte spöttisch, obwohl sie sich in genau der gleichen Situation befand wie wir.

»Halt dein Maul«, sagte Julia von hinten. Ich schaute sie verwundert an, was sie sofort wahrnahm und sich erklärte: »Sie sitzt hier den ganzen Tag nur faul rum, kommandiert und befiehlt und kriegt selber nichts auf die Reihe. So was regt mich auf.«

Alicia zuckte nur desinteressiert mit den Schultern. Ich nickte Julia verständnisvoll zu.

Nico setzte sich wieder aufrecht hin: »Wisst ihr, ihr macht den ganzen Tag eure Waldspaziergänge und wir hätten durchaus mal ein paar Leute gebrauchen können, die mit anpacken.«

Ich konnte ihn verstehen, auch wenn wir natürlich nicht nur im Wald spazieren waren. Erfolgreich waren wir ja trotzdem nicht.

»Wir wären fast erschossen worden«, platze es nun aus Fitti heraus.

»Hää, was? Wir wissen nicht mal, ob überhaupt auf uns geschossen wurde!«, fauchte Luki zurück. »Beruhig dich erst einmal!«

Nun brach absolutes Gefühlschaos aus, denn Moritz fuhr nun Luki an, warum er mit Fitti in diesem Ton sprach. Kopfschüttelnd ging Luki auf die Rückbank zu, zog seine Kopfhörer an und legte sich hin.

Es kehrte Stille ein.

»Wir sollten vielleicht alle mal pennen gehen, wir sind vollkommen übermüdet.« Mein Vorschlag gefiel vor allem mir selbst sehr gut.

»Wenn morgen nichts passiert, kratzen wir eh alle ab«, brach es aus Alicia heraus. Ob sie durch solche Aussagen glücklicher wurde, fragte ich mich. Sie kramte irgendwo eine Schlafmaske hervor und zog sie sich an.

Ich seufzte nur und suchte mir eine der freien Zweierreihen, um einen Platz für die Nacht zu finden.

Hin und her rutschend versuchte ich, eine gemütliche Schlafposition zu finden, aber zu hart waren die Polster und zu wenig freies Spiel hatten meine Beine.

Auch die anderen hatten sich nun zur Ruhe gelegt, hörten zum Teil Musik oder schlossen einfach die Augen, in der Hoffnung, am nächsten Morgen an einem anderen, weit entfernten Ort zu erwachen.

Ich spielte in meinem Kopf noch einmal die jüngsten Ereignisse ab. Das verrückte Fantreffen und die atemberaubende Flucht in die Umkleidekabine. Wie gerne wäre ich jetzt an diesem warmen Ort. Ich musste an die noch ausstehenden E-Mails zur Schadensregulierung denken und fast schmunzeln, als ich mir wünschte, dass das jetzt meine einzige Sorge wäre. Ich erinnerte mich an den heutigen Morgen, der mir so surreal und diffus vorkam und gefühlt schon Ewigkeiten her war. Die Busfahrt und der Streit am Rastplatz. Und die gruselige Gestalt im Nebel, ihre dumpfen Schritte, die Verfolgung und der Schuss aus dem Nichts. Noch einmal lief es mir eiskalt den Rücken hinunter.

Kapitel 10

Im Bus

am frühen Morgen des 27. September

Irgendetwas mit vielen Beinen krabbelte mir den Rücken hinunter. Ich versuchte es von mir abzuschütteln. Erst jetzt realisierte ich, wo ich mich gerade befand. Das alles war also kein scheußlicher Traum, es war die bittere Realität, wir waren immer noch im selben Bus, in derselben aussichtslosen Situation. Ich konnte nicht genau abschätzen, wie lange ich geschlafen hatte, also schaute ich auf meine Uhr: 2.19 Uhr. Mitten in der Nacht. Alle im Bus schienen zu schlafen, sofern ich die Umrisse richtig deutete, die mir die schwachen Strahlen des matten Mondlichts gewährten.

Gerade als ich mich mühevoll umdrehen wollte, um wieder in den Schlaf zu finden, packte mich jemand am Nacken.

Ich schreckte hoch und musste ein lautes Schreien unterdrücken.

»Jonas«, flüsterte eine Stimme, die ich nicht direkt zuordnen konnte. Ich kniff meine Augen zusammen, konnte jedoch keine Details im Gesicht der Gestalt ausmachen.

»Ja?«, frage ich vorsichtig zurück.

Die Person ging offenbar davon aus, dass ich sie schon erkannt habe, denn sie hielt es nicht für nötig zu erwähnen, wer sie war.

»Draußen hat jemand geschrien, ich habe es ganz deutlich gehört.«

Jetzt wurde mir klar, wer da gerade zu mir redete. Es war Julian!

Obwohl mich seine Aussage enorm beunruhigte, musste ich schmunzeln. Julian lädt regelmäßig Gruselvideos auf seinem Kanal hoch und nun, in dieser Sekunde, steckte er leibhaftig selbst in einer solchen Horrorstory. Wenn er das nur vorher gewusst hätte …

»Hast du denn hören können, wer geschrien hat?«

Julian schien mit dem Kopf zu schütteln, schaltete dann seine Taschenlampe an und leuchtete durch den Bus. Erst jetzt gewann ich etwas Übersicht und musste zu meinem Entsetzen feststellen, dass drei Leute fehlten – Alicia, Lisa und Denise!

»Ich weiß nicht, was da draußen gerade vor sich geht, aber wir sollten ihnen helfen«, schlug Julian vor.

Die Gedanken in meinem Kopf überschlugen sich. Ich war solchen Momenten absolut nicht gewachsen. Den Helden zu spielen, mag gut und richtig sein, trotzdem hatte ich Angst um mein Leben. Draußen lief ein Mensch mit Schusswaffe rum, der nicht davor zurückschreckte, sie einzusetzen.

Ungewiss darüber, was zu tun sei, wurden meine Gedanken abrupt von einem Schrei unterbrochen.

»HIIILFEE!«

Julian und ich schauten uns an. Das war eine klare Anweisung! Jemand brauchte unsere Unterstützung!

Erneut schoss Adrenalin in meinen Körper, ich merkte, wie das Blut in doppelter Geschwindigkeit zirkulierte, mein Herz unerbittlich pumpte, mein Puls raste.

Wir verließen den Bus durch die bereits geöffneten Bustüren. Ein kalter Luftzug empfing uns, doch wir schritten mutig voran.

Äste und Gestrüpp knackten, als wir den Wald betraten. Dann blieben wir stehen, um zu lauschen. Alles ruhig.

»Wo sind die nur?«, flüsterte Julian mir zu. Ich wusste es nicht. Ich wusste auch nicht, was mich im nächsten Moment erwarten könnte.

»Sollen wir rufen?«

Julian schüttelte den Kopf: »Das ist sicher keine gute Idee. Wer weiß, warum sie geschrien haben.«

Julian hatte also dieselben Gedanken wie ich. Eigentlich wollte ich mir gar nicht erst den Kopf darüber zerbrechen – es würde sowieso nur Panik auslösen –, aber ich fragte dennoch: »Glaubst du, hier draußen gibt es Wölfe?«

»Ich weiß nicht … in Schweden gibt's aber glaube ich schon welche.«

Ich stimmte ihm zu und bereute zugleich, mir noch kürzlich eine Dokumentation über die Jagdtaktiken von Wolfsrudeln angesehen zu haben.

Wir wollten weitergehen, als wir plötzlich, etwa hundert Meter von uns entfernt, ein Wimmern, fast schon ein Weinen hörten. Es stammte eindeutig von einem der Mädchen.

Wir legten einen Zahn zu, blieben aber dennoch wachsam. Der Wald wurde wesentlich dichter und das Licht von Julians Taschenlampe durchdrang nur schwer das Meer aus Bäumen.

»Wir müssten gleich da sein«, gab ich Julian bekannt.

Wir blieben noch einmal stehen, um zu lauschen.

»HEY!«, zischte plötzlich eine Stimme über uns. Erschrocken blickten wir hoch, ich folgte dem Schein der Lampe.

Zu unserer großen Überraschung kauerte Alicia auf einem Baum. Sie krallte sich zittrig an einigen Ästen fest, ihr Körper war dicht an den Stamm gedrückt.

»Passt auf!«, warnte sie uns. Panisch schauten wir uns um, konnten jedoch nichts ausmachen.

Egal was Alicia einen Schrecken eingejagt und sie dazu veranlasst hatte, auf einen Baum zu klettern – mir würde es garantiert nicht anders gehen!

»Pssst!« Eine weitere Stimme machte auf sich aufmerksam. Julian leuchtete die nebenstehenden

Bäume ab. Und tatsächlich: Direkt auf einem Baum wenige Meter neben Alicia kauerten Denise und Lisa, nicht weniger angespannt.

Gerade als ich nachfragen wollte, was sie dazu getrieben und vor allem wie sie es überhaupt geschafft hatten, so hoch auf einen Baum zu klettern, vernahmen wir einige Meter vor uns Schritte.

Diesmal klangen sie jedoch weniger menschlich, es war mehr ein tierisches Getrampel – und es kam direkt auf uns zu!

»Kommt zu uns hoch!«, schrie uns Denise jetzt zu.

Julian und ich machten instinktiv einen Schritt zurück. Noch ehe wir überhaupt realisieren konnten, was da gerade passierte, traten sie uns entgegen – und es waren nicht wenige. Mit neugierigen Blicken musterten sie uns, beobachteten, was als Nächstes passierte, das Licht der Taschenlampe reflektierte in ihren Augen rot. Wildschweine!

Erleichtert, dass es keine Wölfe waren, und dennoch erschrocken, weil auch Wildschweine eine Gefahr darstellen konnten, drehten Julian und ich uns blitzschnell um und versuchten einen der tiefer hängenden Äste des sich hinter uns befindlichen Baums zu greifen, um uns in einen sicheren Bereich nach oben zu begeben.

Julian hatte sofort Glück, sein Ast war stabil und mit wenigen Atemzügen hatte er sich nach oben manövriert. Ich hatte in diesem Moment großen Respekt vor der Leichtigkeit, mit der er sich aus einer so prekären Situation in Sicherheit brachte.

Mein erster Versuch, auf den Baum zu kommen, scheiterte kläglich. Der Ast war viel zu dünn und zerbrach bereits beim ersten Versuch, mich hochzuziehen. Die Schweine kamen grunzend näher und ich war mir sicher, dass mich und sie nur noch weniger Meter trennten.

Der nächste Ast, nach dem ich griff, war ein gutes Stück weiter oben, dafür aber wesentlich fester. Ich versuchte ihn durch einen Sprung zu erreichen, rutschte jedoch ab, weil sich Moos auf ihm angesiedelt und sich wie eine glitschige Schicht um ihn gelegt hatte.

Heldenhaft versuchte Julian, mir seine Hand zu reichen, sammelte noch einmal alle Kräfte, aber vergebens. So etwas funktioniert nur in Filmen, unmöglich war es für ihn, mein ganzes Körpergewicht mit nur einem Arm hochzuziehen. Ich sank wieder zu Boden.

Mir ging die Zeit aus und ich schaute mich nach weiteren Bäumen um, verlor jedoch vollkommen die Orientierung.

Plötzlich stand eines der Schweine genau vor mir, es hatte mich unbemerkt erreicht. Es war ein kräftiges Tier, mit spitzen Hauern und langem, borstigem Fell. Es scharrte mit dem Fuß auf den Boden, atmete laut aus, feuchter Atem stieg aus seiner Nase. Es drohte mir, machte sich bereit für einen Angriff.

Rannte ich weg, würde es mich mit Leichtigkeit einholen und überrumpeln. Um auf einen Baum zu klettern, war es zu spät. Ich musste ihm gegenüberstehen und durfte keine Angst zeigen.

Aber ich hatte Angst, ich fürchtete mich zu Tode. Der verschwundene Fahrer, der Bus mitten im Wald, die Gestalt im Nebel und nun ein riesiges Wildschwein … Alles war so seltsam und schien unwirklich. Konnte es sein, dass ich mir alles nur einbildete, dass ich träumte? Vielleicht hatte ich einen Sonnenstich und lag noch immer auf meiner Dachterrasse, mittlerweile vermutlich rot wie ein Krebs mit unzähligen Fruchtfliegen in meinem Orangensaft. Ich konzentrierte mich darauf aufzuwachen, drückte meine Augen fest zu.

Wenn ich nur träumte, dann würde ich jetzt aufwachen, dachte ich mir. Ich zählte von drei runter.

Drei.

Zwei.

Eins.

Mir stand ein Wildschwein gegenüber, unzweifelhaft. Und ich war wach, auch daran führte nun kein Weg mehr vorbei. Es war weder ein Traum noch eine Szene aus einem Film. Das hier war echt!

Das Wildschwein wurde zunehmend ungeduldig, denn es wurde nun lauter und stieß kräftiger mit seinen Hufen auf den Boden. Ich war mir sicher, dass es gleich mit mir vorbei war, als plötzlich jemand von der Seite aufschrie: »HAAARR!«

Erschrocken wich das Schwein zurück. Zwei Personen mit Taschenlampen kamen auf mich zu, brüllten unerbittlich weiter. Das Schwein schien erst zu überlegen, ob es auf sie zu rennen sollte, entschied sich dann aber für die bequemere Variante und verschwand mit seinen Wildschweinfreunden in den Tiefen des Waldes.

»FUCK YEAH«, hört ich Luki triumphierend rufen, der jetzt endlich aufhörte, mir mit seiner Taschenlampe ins Gesicht zu leuchten.

Ich rieb meine Augen und erkannte ihn und Moritz.

»Alter, in letzter Sekunde.« Julian kletterte von seinem Baum und klopfte den Jungs auf die Schulter.

Auch ich war heilfroh, viel mehr Zeit hätten sie sich nicht lassen dürfen.

Wir halfen den verängstigten Mädchen von ihren Bäumen, und sogar Alicia zeigte sich überraschend dankbar.

»Eins muss man euch lassen, mutig seid ihr«, lobte sie, und ich fragte mich, ob das auch an Julian und mich oder nur an Luki und Moritz gerichtet war.

»Wir haben Schreie gehört, was ist denn eigentlich passiert?« Moritz musterte uns, als wären wir von einem anderen Planeten gekommen.

»Wir haben selbst nur Schreie gehört«, erklärte Julian, »das musst du also die Mädchen fragen.«

Moritz schaute Lisa erwartungsvoll an.

»Wieso guckst du mich denn so an?« Sie musste grinsen.

»Weil es doch sicher deine Idee war, so spät noch in den Wald zu gehen«, gab Moritz neckisch zurück. Offensichtlich fand er Lisa interessant.

Die musste lachen, schüttelte aber den Kopf. Alicia ergriff das Wort: »Mann, ich musste mal für kleine Königstiger, okay? Ich hatte nur keinen Bock, allein zu gehen. Kann ich ja nicht wissen, dass wir im nächsten Moment angegriffen werden.« Luki musste lachen und bald lachten wir alle, bekamen uns kaum mehr ein, so sehr überwiegte die Erleichterung in dieser Situation.

Wir hatten es geschafft, gemeinsam und in Teamarbeit. So musste es weitergehen!

Kapitel 11

Im Bus

27. September

So kann es nicht weitergehen!«

Unsanft wurde ich aus meinem Schlaf gerissen. Mein Kopf brummte, fühlte sich schwer an. Die letzte Nacht hatte deutliche Spuren hinterlassen.

Mittlerweile war es hell und die ersten Sonnenstrahlen fielen durch die Baumwipfel auf den Bus.

»Morgen schon haben wir nichts mehr zu essen, geschweige denn zu trinken, bis dahin müssen wir hier weg sein.« Luca unterhielt sich mit Julian, den die letzte Nacht anscheinend gar nicht mitgenommen hatte.

»Wir können aber auch nicht einfach irgendwo hingehen«, erklärte Julian, »wir erfrieren sonst in der Nacht.«

Luca musste ihm zustimmen. Neben mir wurde nun auch Luki wach, der sich offensichtlich noch mit in meine Reihe gelegt hatte.

»Morgen«, sagte er schläfrig und erinnerte mich dabei an ein frisch geschlüpftes Küken, dessen Federn zu allen Seiten abstanden.

Ich wünschte ihm ebenfalls einen guten Morgen, streckte und dehnte mich dabei ausführlich. Mein Blick wanderte aus dem Fenster und ich entdeckte ein kleines Lagerfeuer, das provisorisch mit Ästen und Steinen neben dem Bus aufgebaut worden war. Dicht an die Flammen geneigt, saßen Nico, Julia, Marcel und Sonny um das Feuer herum und frühstückten genüsslich Reiseproviant, der eigentlich nur für die Busfahrt gedacht war.

»Wahnsinn, die haben ja schon ein Feuer gemacht!«, kam es euphorisch aus mir heraus.

Luca schaute mich kopfschüttelnd an. »Sind halt nicht alle so Schlafmützen wie ihr.« Er lachte.

Tatsächlich schienen auch Moritz und Fitti noch tief und fest zu schlafen, genau wie die Mädels, die mit friedlich geschlossenen Augen rhythmisch ein- und ausatmeten.

Ich beschloss, nicht unnötig Krach zu machen, und verließ den Bus, setzte mich mit zu den anderen an die wärmenden Flammen.

»Habt ihr trockene Stöcke aneinander gerieben?«, fragte Luki interessiert, während er vor Schläfrigkeit taumelnd aus dem Bus stolperte.

»Ralf hat sein Feuerzeug vergessen«, entgegnete Marcel trocken und ich klatschte für Lukis Bemerkung ironisch in die Hände.

»Was weiß ich.« Er rollte mit den Augen und öffnete einen Schokoladenriegel, der augenscheinlich schon eine ganze Weile in Lukis Hosentasche steckte.

»Larc ist seit gestern Nachmittag weg«, stellte Sonny fest.

Marcel schien das nicht sonderlich zu interessieren.

»Der hat sich das ausgesucht und soll mit den Konsequenzen leben.« Die Gruppe stimmte ihm zu.

»Glaubt ihr, wir kommen hier alle lebend raus?« Luki schaute uns erwartungsvoll an.

»Klar«, entgegnete Julia, »das wäre zu krass, wenn wirklich irgendwas Schlimmes passieren würde.«

Auch ich bemerkte, dass mein Kopf und ich uns noch immer nicht damit abgefunden hatten, dass wir uns in einer wirklich bedrohlichen Lage befanden. Wir sind nicht darauf vorbereitet worden, lange in der Wildnis zu überleben, keine Schule hat dieses Wissen vermittelt. Wir haben keine speziellen Fähigkeiten, keine besonderen Talente, die uns hier draußen weiterhelfen würden. Gut singen können, ein sicherer Autofahrer sein oder ein witziger Unterhalter auf YouTube – all das hatte hier draußen keinen Wert. Hier waren wir alle gleich, reduziert auf unsere ursprünglichsten Triebe und Ängste.

»Ich denke, ich bin der Erste, der draufgehen wird«, sagte Marcel sarkastisch. Ich musste grinsen, während Sonny den Kopf schüttelte.

»Hatte jemand von euch wirklich schon mal das Gefühl zu sterben?«, fragte Luki interessiert in die Runde.

Nein, dachte ich. Außer der Erfahrung am gestrigen Nachmittag bin ich selbst davon glücklicherweise immer verschont geblieben.

»Ja, ich«, antwortete Nico prompt. »Einmal wollte ich an einem Bus vorbeifahren, der genau in diesem Moment damit begann auszuscheren. Ich schwöre euch, ich dachte in dem Moment einfach nur, dass es das für mich war. Ende. Aus.«

Gespannt schauten wir ihn an, wollten wissen, wie es weiterging.

»Ja, der Bus hat dann zum Glück wieder zurückgezogen, sonst würde ich wohl kaum hier sitzen.«

Er schaute in die Runde: »Noch jemand?«.

Julia meldete sich zu Wort: »Das war beim Videodreh.«

Wir schauten sie verwundert an.

»Nein, wirklich, wir haben ein Video mit Trockeneis gedreht. Und dann kam eins zum anderen und wir haben irgendeinen chemischen Giftcocktail zusammengemischt, ohne dass wir es bemerkt haben. Plötzlich wurde uns total warm und schummrig, wir sind zum Glück gerade noch rechtzeitig aus der Wohnung gekommen.«

Ich schaute sie kopfschüttelnd an: »Und aus genau diesem Grund sollten Minderjährige gar nicht erst Videos hochladen können.«

»Ich bin nicht mehr minderjährig!« Sie zeigte mir spöttisch den Mittelfinger und schmiss sich das letzte

Gummibärchen aus einer Tüte mit verschiedenen Süßigkeiten in den Mund.

Mittlerweile verspürte auch ich einen ordentlichen Appetit. Wie großartig wäre jetzt ein üppiges Frühstück, bestehend aus kross gebackenen Brötchen vom Bäcker, Rührei, Speck, Marmelade und einem Croissant. Dazu noch ein heiß gebrühter Kaffee und frisch gepresster Orangensaft. Egal ob mit Freunden oder zur Not der buckligen Verwandtschaft – ich war hungrig! Aber ich musste der Wahrheit ins Auge blicken: Es war nur noch ein halbes Käsebrötchen übrig, das zu allem Überfluss sicherlich total trocken war. Dennoch nahm ich mir vor, es mir für später aufzuheben. Musste ich diesen Morgen eben hungrig bleiben.

Auch Luca und Julian waren derweil der Lagerfeuerrunde beigetreten und starrten fasziniert ins Feuer.

»Wir sollten uns in Suchtrupps aufteilen.« Ich schaute mich in der Runde um.

»Wenn wir es schaffen, dass jede Gruppe in eine andere Himmelsrichtung läuft, sind unsere Chancen am höchsten, dass wir jemanden treffen, der uns helfen kann.«

»Oder der uns erschießen kann«, fügte Luki scherzhaft hinzu.

»Dann sollten wir die Richtung, aus der wir gekommen sind, aber auslassen.« Luca zeigte auf den Bus.

»Wir wissen ja eh, dass dort nichts kommt.«

Wir stimmten ihm zu und genossen die letzten, wärmenden Reste des Feuers, bis es erlosch.

Anschließend packten wir alles zusammen, weckten die Langschläfer auf, teilten uns in Gruppen ein und schritten los. Heute mussten wir Hilfe finden oder zumindest einen Weg raus aus dem Wald, morgen würde es womöglich schon zu spät sein!

Kapitel 12

Im Wald

27. September

Viel zu spät stellte ich fest, dass ich meinen Pullover wohl besser hätte im Bus lassen sollen. Die Sonne hatte die zuvor dichte Wolkendecke durchbrochen, sodass nur noch ein paar kleine, weiße Schäfchenwolken den Himmel zierten.

Würden wir uns nicht in einer Notsituation befinden, wäre dieser Ort wirklich ein sehr idyllisches Plätzchen.

Zwei Zitronenfalter flogen sich geschickt umwindend um einen karminrot gefärbten Strauch herum, der eine reichliche Auswahl an blauen Beeren bot, vielleicht giftig, aber nicht minder schön.

Die quälende Stille der letzten Nacht war längst durch ein Feuerwerk an munter singenden Vögeln überstimmt worden, in der Ferne fand ein Froschkonzert statt.

Denise, Lisa, Moritz und ich waren in Himmelsrichtung West eingeteilt. Eigentlich wusste keiner von uns, wo welche Himmelsrichtung wirklich lag, aber da der Bus von Deutschland aus in Richtung Schweden fuhr, gingen wir einfach davon aus, dass er gerade nach Norden unterwegs war, als er zum Stehen kam.

Wir liefen schon eine halbe Stunde und hatten noch nichts Nennenswertes entdeckt.

Als Wegpunkte ritzten wir, mit der Hilfe eines spitzen Steins, immer wieder Symbole in Bäume, an denen wir vorbeikamen, damit wir wieder zurückfinden würden. Das Hänsel-und-Gretel-Prinzip, nur wirkungsvoller.

»Warum ist Alicia nicht mitgekommen?«, erkundigte sich Moritz, der sich übrigens am meisten dafür eingesetzt hatte, dass wir beide mit Denise und vor allem Lisa in einer Gruppe waren. Ich freute mich insgeheim auch, weil ich so die Chance hatte, Denise näher kennenzulernen.

Erst in diesem Moment wurde mir klar, dass ich kaum etwas über die beiden wusste.

Lisa war eine erfolgreiche Fashion- und Lifestyle-Bloggerin auf Instagram und YouTube. Sie postete die buntesten Bilder aus ihrem Leben, erzählte von ihren schönsten Reisen, ihren Träumen und Zielen oder schrieb über ihre, nicht immer leichte, Vergangenheit mit dem Aufruf zu Mut für all jene, die in ähnlich schweren Zeiten festhingen. Ihr braunes, volles Haar reichte ihr bis zum unteren Rücken. Sie hatte zudem eine schlanke, sportliche Figur und ein strahlendes Lachen.

Ich konnte nachvollziehen, warum Moritz auf sie stand.

Trotzdem stimmte eher Denise mit meinem Typ überein.

Denise war ebenfalls Bloggerin. Sollte ich es richtig mitbekommen haben, noch nicht sehr lange. Vielleicht waren es die langen, blonden Haare oder die besagten Sommersprossen unter ihren braunen Teddyaugen, die mich so anzogen.

Vielleicht war es aber auch ihr sympathisches Lächeln oder die kleinen Öhrchen, die manchmal zwischen ihren Haaren hervorschauten, wenn sie sich über etwas freute. Irgendetwas war da jedenfalls, das mein Herz schneller schlagen ließ, wenn ich sie sah.

»Sie ist momentan komplett komisch drauf, bestimmt die Hormone.« Lisa riss mich total aus meinen Gedanken.

»Und deswegen muss sie jetzt die ganze Zeit im Bus rumhocken oder was?« Moritz ließ nicht locker.

»Eigentlich ist das ja gar nicht so dumm«, stellte Denise fest, »Immerhin ist dann jemand dort, wenn ein Auto vorbeikommt.«

Ich erklärte ihr, dass in dieser Einöde niemals ein Auto vorbeikäme. Eher würde sie von einem Rudel Wölfe geholt werden. Und während ich diese Gedanken laut aussprach, wurde mir bewusst, wie aussichtslos auch unsere Suche nach Hilfe war. Aber irgendetwas mussten wir ja tun. Vielleicht würden wir ja ein Haus oder sogar die nächste Stadt finden.

»Hier gibt's Wölfe?« Lisa schaute panisch zu Moritz, der daraufhin genervt zu mir schaute.

»Toll, musstest du das erwähnen?«

Wir gingen immer der Nase nach und zeichneten fleißig Symbole in den Baum, ehe wir nach einigen Minuten eine Lichtung erreichten, in deren Mitte ein kleiner See lag. Das Wasser des Sees war klar, sodass sich der Himmel und ein paar Wölkchen auf der spiegelnden Oberfläche abzeichneten. Durch die hohen Temperaturen war ich unter meinem Pullover bereits spürbar durchgeschwitzt, weshalb mir die Lichtung wie eine erfrischende Oase aus einer anderen Welt vorkam. Ich atmete tief ein und wieder aus, inhalierte die gesunde Luft.

Dass wir hier waren, musste keine schlechte Sache sein. Einmal der verpesteten Stadtluft entkommen, abschalten und seine innere Ruhe finden. Sicherlich hatten die anderen längst Hilfe gefunden und würden uns später einsammeln. Wir hätten zwei aufregende Tage erlebt und alles wäre gut, wir könnten später darüber lachen.

»Wie wäre es? Ein erfrischendes Bad?«

Ich lachte, weil ich davon ausging, dass Moritz scherzte. Aber er scherzte nicht.

»Was jetzt, ja oder nein?«

Denise schien genauso unbeeindruckt wie ich: »Hast du Badesachen dabei?«

Moritz schüttelte den Kopf: »Quatsch, wofür das denn? Wir gehen einfach nackt rein! Wer ist dabei?«

Lisa und Denise begannen prustend zu lachen und zu gackern, wie zwei Hühner – humorvolle Hühner.

»Du traust dich das doch selbst niemals«, forderte Lisa Moritz mit funkelnden Augen auf. Sie kannte ihn ganz offensichtlich noch nicht so gut wie ich, denn was jetzt geschah, war für Moritz vollkommen typisch.

Erst war sein T-Shirt an der Reihe, sodass sein durchtrainierter Körper samt Sixpack zum Vorschein kam, dann seine Hose, Socken und nach einer hübschen Drehung sogar seine Boxershorts, womit er uns nun einen freien Blick auf seinen Allerwertesten schenkte. Schnell wandte ich meinen Blick ab, die Mädels drehten sich lachend um.

»Los, ab ins Wasser, nackter Mann«, rief Lisa ihm hinterher.

Ich bewunderte Moritz für diese Art von spontaner Verrücktheit. Auch wenn sie es nie zugeben würden – Mädels fahren total auf so was ab!

»Willst du nicht auch ins Wasser? Ebenfalls nackt?« Denise schaute mich hämisch grinsend an. Hat sie gerade mit mir geflirtet?

»Nackt mit Moritz baden mache ich viel zu oft, heute nicht«, antwortete ich lässig, woraufhin die Mädchen wieder loslachten.

So kommt man auch gut bei Mädchen an, sprach ich gedanklich zu Moritz, ohne dass man sich dafür nass machen muss. Nur etwas guter Humor.

Etwa zehn Minuten planschte Moritz glücklich und zufrieden im Wasser, bis es ihm zu langweilig wurde, vermutlich weil die Mädchen fehlten. Er trocknete sich mit seinem T-Shirt gründlich ab und zog es dann einfach gar nicht mehr an. Würde ich bei seinem Körper auch so machen.

Wir entschieden uns, noch ein Stück weiter Richtung Westen zu marschieren, vor allem, damit wir am Ende des Tages über uns behaupten konnten, Bestmöglichstes getan zu haben.

Wir gingen vorbei an weiten Wiesen, plätschernden Bächen und erreichten schließlich einen steinigen Hügel, übersät mit Felsbrocken.

»Lass uns mal hier aufteilen«, schlug Moritz vor, wobei jedem die Aufteilung schon klar war.

Bevor er und Lisa um die nächste Ecke verschwunden waren, verabredeten wir ein Wiedertreffen in einer halben Stunde.

Sie verschwanden, und es kehrte eine unangenehme Stille zwischen Denise und mir ein.

»Wollen wir versuchen, hier irgendwo hochzuklettern?«, fragte ich Denise, im Klaren darüber, dass das keine sonderlich zielführende Frage war.

»Klar.«

Wir unternahmen erste Versuche, die Felswand zu besteigen, aber wie schon in der letzten Nacht musste ich feststellen, dass ich kein besonders talentierter Kletterer war.

»Soll ich dir hochhelfen?«

Denise stand zu meiner Verwunderung schon auf dem Vorsprung.

»Wie zur Hölle hast du das gemacht?«

Ich versuchte, mich besonders anzustrengen, und erreichte – mit ein ganz klein wenig Hilfe von Denise – ebenfalls den Vorsprung.

Ich richtete mich auf. Zu meiner Überraschung hatte man, auch weil wir sowieso schon eine Weile bergauf gewandert waren, eine ziemlich beeindruckende Aussicht auf das Gebiet vor uns.

Wie befürchtet, war da nur Wald – soweit das Auge reichte. Zwischendurch gab es kleine, unbewachsene Stellen, vermutlich Lichtungen oder Seen, und ganz weit in der Ferne, fast schon am Horizont, war ein großer Berg zu erkennen.

Bis dorthin bräuchte man mindestens drei Tage. Sonst war da nichts – keine Straßen, keine Flugzeuge, keine Häuser. Gar nichts.

»Siehst du etwas?« Denise sah mich fragend an.

»Nein, nichts. Du?«

Sie schaute konzentriert in die Ferne.

»Eigentlich ist da sehr viel.«

»Menschen?«, fragte ich.

»Nein. Der Wald. Jeder einzelne Baum, die Blätter und Äste. ›Nichts‹ ist für mich was anderes.«

Ich rollte mit den Augen. »Jaja, so war das ja auch nicht gemeint.«

Sie lachte und wieder schauten ihre niedlichen Ohren zwischen ihrem glatten Haar hervor. Mein Blick wanderte zu ihren Augen. Ihr Blick traf mich, interessiert und erwartungsvoll.

Ist das einer dieser Kussmomente? Ich war mir unsicher. Ohne dass ich mir weiter Gedanken darüber machen konnte, ließ ihr Blick wieder von mir ab und sie schaute an mir vorbei: »O Gott, diesmal sehe ich wirklich etwas!«

Erschrocken folgte ich ihrem Blick. Etwa fünfzig Meter von uns entfernt, an einer Felswand lehnend, erkannte ich Lisa und Moritz, die offensichtlich gerade den besagten Kussmoment erreicht hatten.

»Ihhh.« Ich drehte mich wieder zu ihr und hielt ihr die Augen zu. »So was darfst du in deinem Alter doch noch gar nicht sehen.«

Sie löste meine Hände von ihrem Gesicht, hielt sie aber weiter fest, schaute mich dabei eindringlich an, so als wollte sie direkt in meine Seele schauen.

»Was darf ich in meinem Alter denn?«

Wieder diese herausfordernde Art. Ich fand das klasse, es zog mich an.

»Sehen darfst du so was jedenfalls nicht.« Ich machte eine besinnliche Pause. »Aber ausprobieren ist sicher erlaubt«. Mit diesen Worten legte ich meine

Hand um ihren Nacken und schloss die Augen. Mein Herzschlag wurde schneller und mein Bauch begann, wie wild zu kribbeln. Behutsam führte ich ihr zartes Gesicht zu meinem und – wir vernahmen einen lauten Hilfeschrei! Erschrocken blickten wir nach unten und erkannten einen Jungen, vollkommen zerkratzt und blutüberströmt.

Kapitel 13

An den Felsen

27. September

Es strömte noch immer Blut aus seinen Wunden. Nicht mehr so viel wie kurz nach dem Angriff, aber gestoppt hatte die Blutung noch nicht.

Denise und ich waren sofort vom Felsen geklettert und im Höchsttempo zu ihm gespurtet, nachdem wir den Jungen entdeckt hatten. Lisa und Moritz trafen zeitgleich mit uns ein. Schnell konnten wir ihn identifizieren – es war einer von Larcs Freunden, mit dem wir bis heute kein einziges Wort geredet hatten – ich kannte nicht einmal seinen Namen.

Er stellte sich uns als Chris vor, während wir versuchten, seine Blutung zu stoppen, indem wir Moritz' T-Shirt zerrissen und gegen die Wunden pressten.

Vor allem am Arm und an der rechten Schläfe hatte er deutliche Kratzer zu verzeichnen. Chris war vollkommen außer Atem und schien kaum Luft zu bekommen, ungewiss, wie lange er schon rannte.

Sein Oberteil war eingerissen und einen Rucksack trug er nicht mehr bei sich. Dafür war sein Bein übersät mit roten Flecken, vermutlich allergische Reaktionen oder Insektenstiche. In diesem Moment wollte ich jedenfalls nicht mit ihm tauschen.

»Jetzt sag doch mal, was ist passiert?« Die Mädchen löcherten ihn mit Fragen.

»Wo bist du überhaupt gewesen?«

Ich versuchte, die Lage ein wenig zu beruhigen, indem ich Lisa und Denise bat, Chris erst einmal ankommen zu lassen.

Der schien geistig aber noch ausreichend fit zu sein, denn er winkte mein Zuvorkommen ab.

«Vielen Dank, aber ich komme schon klar.« Er musste erst einmal verschnaufen.

»Ein Bär war das.« Stille kehrte ein, alle schauten Chris schockiert an.

»Was?«, fragte Moritz verwundert.

»Ja.« Chris kratzte einen Mückenstich an seinem Bein auf. »Wir sind gestern den ganzen Waldweg entlanggelaufen, immer weiter und weiter. Wir wollten unbedingt Hilfe holen. Doch irgendwann wurde es dunkel.«

Ich erinnerte mich an unsere Situation, als es dunkel wurde und Nebel aufzog. Wie scheußlich und unheimlich dieser Moment war.

»Wir haben einen Unterschlupf gesucht und sogar etwas gefunden. Ich wollte nur noch schnell pinkeln gehen, und dann …«

Chris begann auf einmal zu schluchzen, Tränen schossen aus seinen Augen.

Obwohl er ein guter Freund vom unsympathischen Larc war, hatte ich schreckliches Mitleid mit ihm. Einfühlsam legte ich meine Hand auf seine Schulter und spürte ein monotones Zittern, das durch seinen Körper bebte.

»Sie waren plötzlich weg. Larc und Jim … Sie sind verschwunden. Ich rief nach ihnen, doch keiner hat sich mehr gemeldet. Ich konnte kaum noch etwas sehen, der Akku meines Handys war leer und damit auch die Taschenlampenfunktion.«

Jetzt hatte ich noch mehr Mitleid, ich konnte mir kaum eine schlimmere Situation vorstellen, als blind in einem unheimlichen Wald festzusitzen. Mir wurde klar, dass ich an seiner Stelle hätte sein können, zurückgelassen und verletzt.

»Jedenfalls nahm ich plötzlich ein Rascheln neben mir wahr. Ich war mir sicher, dass es Larc war, der mir einen Streich spielte, also ging ich trotz der Finsternis geradewegs darauf zu.«

»Und dann?«, fragte Lisa ungeduldig.

»Und dann spürte ich an meinen Händen etwas Weiches, wie Fell oder so. Und plötzlich höre ich nur noch ein tiefes Knurren und spüre, wie mich ein gewaltiger Schlag umwirft, meine ganze rechte Seite aufreißt. Ich rannte so schnell ich konnte blind in die Dunkelheit. Irgendwann wurde mir schwarz vor Augen und ich fiel einfach um.«

Gespannt lauschten wir seinen Worten.

»Als ich wieder aufwachte, war die Sonne schon

wieder aufgegangen. Ich habe immer noch geblutet und mein ganzer Körper war voll mit denen.« Er zeigte auf seine Stiche.

»Ach, du scheiße«, brach es aus Lisa heraus. Denise und Moritz nickten mitfühlend.

»Habt ihr schon Hilfe gefunden?« Hoffnungsvoll und eine positive Antwort erwartend sah mich Chris an.

Ich erklärte ihm unsere Situation und machte ihm Mut, indem ich in Betracht zog, dass die anderen bereits Hilfe gefunden haben könnten.

Wir entschlossen uns, mit dieser Erkenntnis den Rückweg anzutreten.

Mittlerweile hatte ich riesigen Hunger. Seit fast 24 Stunden hatte ich nichts Festes mehr zu mir genommen, meine Wasserflasche lag im Bus und war nur noch halb voll. Ich fühlte mich ausgelaugt und war, entgegen meiner tröstlichen Aussage gegenüber Chris, ziemlich pessimistisch, was unsere Rettung anging.

Nach über drei Stunden Fußmarsch und wilden Suchereien nach Markierungen an Bäumen, hatten wir den Bus erreicht. Es dämmerte bereits und ich freute mich, dass ich den Pullover doch anbehalten hatte.

Außer Alicia, die den Bus gar nicht erst verlassen hatte, fehlte von allen anderen jede Spur. Auf die Nachfrage, wo sie seien, zuckte sie nur mit den Schultern und gestand, sie habe die ganze Zeit geschlafen.

Dass Chris wieder da war, schien sie nicht die Bohne zu interessieren. Wir verarzteten Chris, so gut es das Erste-Hilfe-Set des Busses zuließ, und gönnten ihm anschließend etwas Ruhe. Wir wollten uns auf die Suche nach den anderen Gruppen begeben.

Überraschenderweise kamen uns Nico, Julian, Marcel und Sonny bereits entgegen. Ihre düsteren Blicke verrieten, dass sie nicht erfolgreicher waren als wir. Es blieb uns also nichts anderes übrig, als unsere ganze Hoffnung in die letzte Gruppe zu setzen.

Die vier schlossen sich uns an, als wir erklärten, dass wir nach den anderen suchen wollten. Während wir also wieder in den Wald marschierten, diesmal in Richtung Osten – dieselbe Richtung, in der wir gestern dem Nebelmenschen begegnet waren –, erzählten wir aufgeregt, was mit Chris passiert war. Am Ende der Erzählung staunten sie nicht schlecht.

»Bären? Hier gibt es echte Bären?« Julian schüttelte verzweifelt den Kopf. »Als hätten uns Wildschweine nicht genug Angst gemacht.«

Ich schüttelte zur Entwarnung mit den Händen. »Eigentlich sind Bären keine bösartigen Tiere. Man sollte sie nur nicht erschrecken, doch genau das ist Chris scheinbar gestern passiert«.

Marcel musterte mich. »Warst du nicht gestern der, der sich fast in die Hosen gepisst hat, weil ein Wildschwein vor ihm saß?«

Bevor ich antworten konnte, tat es Julian: »Erstens waren das riesige Wildschweine und zweitens können auch die gefährlich sein, vor allem wenn sie Junge haben!« Damit war die belanglose Diskussion gegessen. Zu allem Überfluss zogen nun erste Nebelwände auf.

Nico schaute sich unruhig um. »Ich kann verstehen, warum ihr es hier gestern gruselig fandet.« Es war lustig, so etwas aus dem Mund von jemandem zu hören, der so muskulös war.

»Im Nebel habe ich auch mal …« Er stoppte seine Erzählung und lauschte.

»Habt ihr das gehört?« Alle blieben nun wie angewurzelt stehen und lauschten dem Klang des Waldes. Der Wind pfiff durch die Bäume, Blätter raschelten und irgendwo wühlte eine Maus im Dickicht. Doch da – man konnte etwas hören! Irgendwo in der Ferne riefen Menschen.

»Was rufen die da?«, fragte Sonny.

Wir blickten uns ratlos an.

»Wir müssen nachsehen, vielleicht ist es dringend!« Die Gruppe stimmte mir zu und wir rannten in die Richtung, aus der wir die Schreie vermuteten.

Kaum eine Minute verging, da konnte man kristallklar verstehen, was da gerade gerufen wurde. Fitti! Sie riefen nach Fitti!

Jetzt rannten wir noch schneller, angetrieben von der Angst, ihm könnte etwas zugestoßen sein.

Die demotivierten Gesichtsausdrücke von Nico, Julian, Marcel und Sonny zuvor waren nichts im Vergleich zu den entsetzten Mienen, die uns bei der letzten Gruppe erwarteten.

Pure Verzweiflung stand ihnen ins Gesicht geschrieben, gemischt mit Trauer und Wut.

»Was ist passiert?«, platzte es aus Moritz raus.

Weder Luki noch Luca oder Julia trauten sich, uns zu antworten.

»Luki, ist etwas mit Fitti?«, versuchte ich es.

Luki biss seine Zähne zusammen und ließ sich Zeit mit seiner Antwort. »Ja, er ist verschwunden. Keine Ahnung, wohin.«

»FIT-TI«, rief Luca noch einmal so laut er konnte. Keine Antwort. Kein Mucks. Nichts.

»Wann habt ihr ihn denn zuletzt gesehen?«, hakte ich panisch nach. Schon wieder raste mein Puls, schon wieder drehte sich mein Magen und schon wieder zweifelte ich an der Wirklichkeit dieser schrecklichen Ereignisse, die uns widerfahren waren. Warum passierte das alles?

»Wir haben uns kurz aufgeteilt …« Julia traute sich kaum weiterzureden, also ergriff Luca das Wort.

»Jeder sollte einen Abschnitt absuchen, das ist viel effizienter. Plötzlich hörten wir Fitti schreien, er rief nach Hilfe. Und dann war es auch schon wieder ganz still, als wäre nie etwas gewesen.«

»Mann, wir suchen ihn schon seit Ewigkeiten«, schluchzte Luki, dem eine Träne über die Wange lief.

»Ihr habt ihn alleine gelassen!« Moritz zeigte mit

dem Finger auf die Gruppe, ließ ihn aber wieder sinken, weil er selber merkte, dass Anschuldigungen in dieser Situation niemandem weiterhalfen.

»Ich sag es nur ungern«, sagte Sonny, »aber wir sollten wieder gehen. Es wird dunkel und ohne Licht finden wir nie wieder zurück.«

»NEIN!«, fuhr ich sie an, »wir stecken alle in derselben Scheiße! Niemand wird hier weggehen, bis Fitti wieder da ist!« Ich brannte vor Wut, Wut auf die anderen, weil sie Fitti aus den Augen gelassen hatten, Wut auf mich, weil ich am Morgen die Gruppen eingeteilt hatte, Wut auf den Wald, weil er so grausam und kompromisslos war. Mir wurde schwindelig.

»Jonas.« Luca versuchte, einfühlsam auf mich einzureden. »Das wird heute Nacht wirklich nichts mehr. Wäre er hier, hätte er uns schon längst gehört. Wir müssen morgen nach ihm suchen, wenn es wieder hell ist.«

Ich sagte es ihm nicht, aber innerlich gab ich ihm recht. Würde Fitti hier irgendwo stecken, dann wäre er schon längst aufgetaucht. Entweder er war mittlerweile an einem ganz anderen Ort, oder er war überhaupt nicht mehr unter uns.

Kapitel 14

Im Bus

27. September

Ich war überhaupt nicht mehr in der Lage dazu, irgendeinen vernünftigen Gedanken zu fassen. Zu viel war in der kurzen Zeit passiert, zu ausgehungert und dehydriert war ich, zu müde und zu ausgelaugt.

Ängste und Trauer überwogen jene letzten Prozent Hoffnung und Mut, die ich in dieser Situation hätte gebrauchen können.

Ich fühlte mich wie ein angeschlagenes Schiff, noch nicht vollkommen gesunken, aber auch nicht mehr in der Lage zu schwimmen.

Meine zittrigen Hände waren mit Kratzern übersät, Blasen brannten wie Feuer unter meinen Füßen und der Baumwollpullover, der sich fest an meinen Körper schmiegte, schenkte nicht halb so viel Wärme, wie er optisch versprach.

Fieberhaft dachte ich darüber nach, wo Fitti gerade stecken könnte. War er ebenfalls Opfer eines Bärenangriffs geworden? Dann hätten wir Spuren finden müssen, und die Jungs hätten ein Brüllen oder Knurren wahrgenommen.

Fitti war am Leben, das spürte ich. Er steckte nur in gewaltigen Schwierigkeiten.

»Willst du nicht auch ein bisschen schlafen, Bro?« Moritz schaute schlaftrunken zu mir rüber. Er hatte sich aus verschiedenen Oberteilen eine Decke zusammengeknotet.

Ich nickte bestätigend, hatte aber noch nicht vor zu schlafen. Ich kletterte über meinen Vordersitz, weil ich den neben mir schlafenden Luki nicht wecken wollte, und ging durch den Gang zu den ersten Sitzen.

Julian war noch wach und bastelte gerade an irgendetwas herum. Ich setzte mich schweigend zu ihm.

»Kannst du auch nicht schlafen?«, leitete er das Gespräch ein. Ich schüttelte lethargisch den Kopf.

»Was baust du da?«

Er hielt ein paar gebogene Äste hoch und einen Schnürsenkel.

»Ich versuche schon den ganzen Tag, einen funktionierenden Bogen zu bauen, aber diese Äste sind zu trocken und brechen dauernd ab.« Demonstrierend brach er ein unförmiges Stöckchen mit einem Knacksen in der Mitte durch.

»Verstehe«, entgegnete ich trocken. Das musste unhöflich desinteressiert rübergekommen sein, denn Julian sagte nichts mehr.

Regungslos starrte ich aus dem Fenster. In dieser Nacht war der Himmel wolkenlos, der Vollmond strahlte in voller Pracht, sodass man die sich im Wind neigenden Bäume deutlich erkennen konnte.

Dieser Wald war gefährlich, dieser Wald war erbarmungslos.

Während ich begann, vor mich hin zu träumen, glaubte ich plötzlich eine Gestalt wahrgenommen zu haben. Irgendwas hatte sich da draußen bewegt, war ganz kurz zwischen einem der Bäume entlanggehuscht!

»JULIAN!«, flüsterte ich, so leise ich konnte. Ich tippte ihn an und zeigte aus dem Fenster.

Jetzt war niemand mehr zu sehen.

»Ich erkenne nichts.«

Ich kniff meine Augen zusammen, versuchte so viel wie möglich auszumachen.

»Da war eben jemand draußen, ich meine es ernst.«

»Fitti vielleicht?«

Ich schüttelte den Kopf. »Nein, glaube ich nicht. Der würde doch reinkommen.«

Julian stimmte mir zu. »Wenn es aber nicht Fitti war, wer war es dann?«

Alleine der Gedanke, dass da draußen ein Fremder umherschlich, verursachte Gänsehaut auf meinem Körper.

»Ist die Tür richtig verriegelt?«, erkundigte ich mich vorsichtig.

»Nico hat die eben zugezogen, ich bin mir sicher, da kommt niemand rein.«

Sicher war ich mir nicht, dennoch etwas beruhigt. Trotzdem wollte ich nicht vorne im Bus sitzen, also schlich ich mich wieder nach hinten.

Es wären noch einige Zweierplätze frei gewesen, aber ich bevorzugte Luki als Sitznachbarn.

Vorsichtig legte ich mich neben ihn und wickelte mich in meine Bomberjacke ein, die ich mir für alle Fälle eingepackt hatte. Zum Glück.

Ich schaute noch eine Zeit lang in den Wald, folgte den Bäumen beim Hin- und Herwiegen, ihrem rhythmischen Tanz zum Wind, doch letztendlich siegte die Müdigkeit, denn immer wieder fielen mir die Augen zu. Doch ich schreckte auch immer wieder auf, weil ich Fitti vor mir sah, schreiend und mit Blut überströmt. Ich sah brüllende Bären, Menschen im Nebel und borstige Wildschweine, die Bäume hochkletterten. Ich sah Julian mit seinem Bogen, der keine Pfeile, sondern Alicia durch die Gegend schoss. Ich sah Moritz, der nackt mit einer Pistole auf mich zielte, ich sah Denise, wie sie Ralf küsste, ich sah Luca und Julia, ganz oben auf einer Baumkrone, über mich spottend, weil ich nicht hochklettern konnte. Ich sah Frösche, die große Mückenschwärme ausspuckten, und Luki, der jene Frösche aus Gummibärchentüten hervorholte und sich in den Mund schmiss, ich sah Larc um ein Feuer tanzen, Marcel und Sonny, wie sie den Bus bis nach Berlin schoben, ich sah in der Ferne einen Berg, der von Nico angehoben wurde, und ich sah wieder Fitti, der mich anschaute und leise etwas flüsterte. Ich nahm es kaum wahr und versuchte näherzukommen. Und ja – jetzt verstand ich ihn. Er wurde lauter und immer lauter. »HILFE«, schrie er, »HILF MIR!«

Kapitel 15

Im Bus

in der Nacht des 27. September

HILF MIR!« Ich schreckte hoch. Das war kein Traum, ich hatte es wirklich gehört. Irgendwer hatte um Hilfe geschrien!

Die Alarmglocken in meinem Kopf läuteten Sturm.

Ich rüttelte an Luki, doch der schlief fest wie ein Stein. Auch Moritz schien nichts mitbekommen zu haben, wie sein gleichmäßig schwerer Atem signalisierte.

Wieder kletterte ich über meinen Vordersitz und stellte mich in den vom Vollmond erhellten Mittelgang des Busses.

Sitzplatz für Sitzplatz ging ich ab, kontrollierte, ob jeder da war. Keine Frage – es fehlte niemand.

Angespannt konzentrierte ich mich auf irgendwelche Laute. Wieder einmal war es verdächtig still.

Alles im Bus schien zu schlafen, keiner hatte etwas mitbekommen.

Hatte ich mir den Schrei nur eingebildet? Womöglich wurde ich wahnsinnig, sah Gestalten, die nicht existierten, hörte Schreie, wo keine waren.

Ich stellte gerade infrage, ob ich überhaupt wach war, als sich plötzlich eine kräftige Hand auf meine Schulter legte!

Erschrocken fuhr ich zusammen.

»Pscht!«, ermahnte mich eine vertraute Stimme. Ich drehte mich um. Luca hielt sich einen Finger vor den Mund. »Hast du das auch gehört?«

Ich nickte eifrig.

»Dann sollten wir da jetzt rausgehen.«

Ich wollte zustimmen, doch etwas hielt mich zurück. Dieser Wald mochte uns nicht, es folgte ein Tiefschlag nach dem anderen.

Sollten wir da jetzt wirklich rausgehen, vollkommen schutzlos?

Meine Beine schienen meine Zweifel nicht zu teilen, denn schon befand ich mich, dicht an Lucas Fersen geheftet, auf dem Weg nach draußen.

Mit einem leichten Stoß ließ sich die Vordertür des Busses öffnen. Von wegen sicher verriegelt.

»Weißt du, von wo der Schrei kam?« Luca sah mich erwartungsvoll an. Ich war mir unsicher, glaubte ihn aber aus Richtung Osten wahrgenommen zu haben.

Luca schien diese Antwort zu freuen. »Das ist dort, wo wir Fitti verloren haben.«

Mein Herz begann schneller zu schlagen. Wie toll wären die Neuigkeiten, wenn Fitti in den nächsten Momenten vor uns auftauchen würde.

Aber noch war niemand aufgetaucht. Nur der Wind wurde stärker, die Bäume knarrten bedrohlich und erinnerten mit ihren schaukelnden Ästen an riesige Vogelscheuchen, die den Wald vor Eindringlingen bewachten. Wir waren die Eindringlinge, die diesen Wald niemals betreten sollten!

»HILFE!«

Da war es wieder! Es kam direkt aus dem Wald vor uns, ich lag mit meiner Einschätzung also richtig.

»Los!«, befahl Luca und rannte los, dicht von mir gefolgt.

Durch das dichte Blätterdach drang nur wenig Licht, sodass wir Schwierigkeiten hatten voranzukommen.

Nach einigen Sekunden waren wir bereits vollkommen von Nebel umhüllt. Trotzdem drangen wir, mit kaum mehr als einem Meter Sichtweite, immer tiefer in den Wald ein.

»Wo steckt der Kerl bloß?« Luca sprach so leise er konnte.

Gerade als ich antworten wollte, erkannte ich dicht vor uns eine Silhouette, die Silhouette eines Menschen! Verschleiert durch Nebel und Dunkelheit konnte ich dennoch wahrnehmen, dass die Person riesig sein musste. Ich war mir sicher, es war die Gestalt vom ersten Abend!

»Nicht bewegen«, flüsterte Luca.

Für Sekunden harrten wir regungslos aus, wenige Meter entfernt von der angsteinflößenden Nebelgestalt, die sich ebenfalls keinen Millimeter regte.

Bloß keinen Ton von mir geben, dachte ich, bloß nicht auf mich aufmerksam machen, bloß keine Fehler machen. Immer wieder wiederholte ich diese Sätze in meinem Kopf.

»Was ist hier los?«

Das war nicht der Unbekannte im Nebel, sondern eine Stimme, die hinter uns ertönte. Die Gestalt machte deshalb einen großen Schritt zurück und verschwand in den Nebelschwaden. Luca und ich versuchten hinterherzurennen, doch vergebens. Sie war zu schnell und schien sich zu gut im Wald auszukennen.

Keuchend ging uns schließlich die Puste aus.

»Leute, was ist hier bitte los?«, wiederholte Marcel nun. Er und Julian waren uns offensichtlich gefolgt.

»Wir haben einen Schrei gehört und euch in den Wald gehen sehen.« Auch Julian war ganz außer Atem.

»Wem seid ihr denn gerade nachgerannt?«

Luca und ich schauten uns an, erzählten den beiden, was wir wussten. Noch konnte sich keiner einen Reim auf das Ganze machen, aber wir waren uns sicher: Es hatte mit Fittis Verschwinden zu tun.

»Aber wer hat denn nun nach Hilfe gerufen?«, durchbrach Julian unsere Denkpause.

Wir schauten uns fragend an. »Niemals war es dieser Mann«, murmelte Luca vor sich hin, »warum sollte er nach Hilfe schreien und dann sofort weglaufen?«

»Vielleicht um uns herzulocken.« Irritiert schauten wir Julian an.

»Ja, vielleicht lockt er so Menschen in den Wald und entführt sie dann.«

Marcel nickte ironisch und klopfte Julian auf die Schulter: »Oder du hast einfach zu viele Mystery-Videos gedreht.«

Ich brachte nur ein gequältes Schmunzeln über die Lippen, zu tief saß der Schmerz und zu groß war die Angst, die ich noch vor wenigen Sekunden empfunden hatte.

»Okay, wenn es aber nicht der Mann war …«, führte Luca fort, und ich ergänzte seinen Satz: »… dann muss hier noch irgendwo jemand sein!«

Wir schrien so laut wir konnten, riefen Fittis Namen.

Und tatsächlich – schon wenige Sekunden später vernahmen wir ein Rascheln aus ein paar Büschen in der Nähe. Irgendwer kam direkt auf uns zu.

»Das ist Fitti«, schrie Luca euphorisch. Ich entnahm seiner Freude, dass ihn ein schlechtes Gewissen plagte.

Doch daran sollte sich jedoch vorerst nichts ändern.

Kapitel 16

Im Wald

in der Nacht des 27. September

Ändern konnte er daran nun nichts mehr. Sein schmerzverzogenes Gesicht war mit einer dicken, roten Beule geschmückt, direkt über dem linken Auge. Es war nicht Fitti, der sich aus dem stacheligen Gestrüpp herauszog, sondern Jim – der zweite Freund von Larc.

Auch wenn es gemein war, wir waren alle sichtlich enttäuscht.

»Peace, Leute, was geht ab?!« Er lachte zynisch und hievte sich aufrecht. Man sah ihm an, dass ihm eigentlich nicht nach Späßen zumute war.

»Was machst du denn hier?«, fragte ich unfreundlich, was mir aber schlagartig leidtat, da es in diesem Wald niemand verdient hatte, so empfangen zu werden.

»Warum so freundlich?«, pflaumte er zurück. »Ich kann auch gerne wieder gehen.«

»Nein, ist ja alles gut.«

Luca half ihm, die an seinen Klamotten haftenden Blätter zu entfernen.

»Erzähl mal, was dir passiert ist.«

Jim setzte zu einer längeren Denkpause an.

»Ich schwöre auf alles, nachdem Chris verschwunden ist, haben wir easy drei Stunden nach ihm gesucht.«

Darüber musste er so lange nachdenken?

»Auf einmal war auch Larc weg, keine Ahnung wo der hingegangen ist. Ich habe dann noch etwas weitergesucht und mich dann einfach pennen gelegt.«

»Einfach so?«, hakte Luca nach.

»Ja, was sonst?« Jim lachte maximal dämlich.

»Am nächsten Tag bin ich dann einfach der Sonne nachgelaufen, damit ich nicht die Richtung verliere.«

Mir war in diesem Moment nicht klar, ob er wusste, dass sich die Sonne im Laufe des Tages von Osten nach Westen bewegt – ich fragte aber auch nicht weiter nach.

»Auf jeden Fall habe ich dann eben immer noch nach irgendwem gesucht, der mir helfen kann. Und plötzlich habe ich einen Mann gesehen. Ich dachte, das wäre Ralf.«

War es aber nicht. Nach seiner Aussage schritt Jim schnurstracks auf den Mann zu. Als er jedoch zu seinem Schrecken feststellen musste, dass nicht der Busfahrer vor ihm stand, war es bereits zu spät und der Mann hatte ihm mit dem Lauf seines Gewehrs einen ordentlichen Schlag übers Auge verpasst. Sofort, erzählt Jim, habe er um Hilfe geschrien, während der Mann versuchte, ihn wegzuschleifen. Das aber dürfte gar nicht so einfach gewesen sein, schließlich wog Jim bestimmt 120 Kilo.

»Und dann seid auch schon ihr aufgetaucht«, vollendete er seine Erzählung.

Was er sagte, schien plausibel, bedeutete aber auch, dass wir mit unserer Vermutung über Fittis Verschwinden recht haben könnten.

Es gab uns jedoch keine Auskunft darüber, ob Fitti noch lebte – aber wir waren uns sicher, dass der Mann für Fittis Verschwinden verantwortlich war.

Wir mussten nach dem Mann suchen, ihn finden und zur Rede stellen. Irgendwo, östlich des Busses, wird er sein Versteck haben – und dort würden wir auf ihn treffen!

Während wir dank Julian und Marcel diesmal mit Taschenlampen ausgerüstet zurück zum Bus liefen, sagte keiner von uns ein Wort.

Es war die zweite Nacht, in der uns kaum ein paar Stunden Ruhe geschenkt wurden. Es war die zweite Nacht, in der eine riesige Gestalt im Nebel ihr Unwesen trieb, direkt vor unseren Augen. Es war die zweite Nacht, in der man sich der vollkommenen Unklarheit hingeben musste, ob man den nächsten Tag überhaupt heil überstehen würde.

Und das war nicht selbstverständlich. Grundbedürfnisse machten sich mehr als deutlich bemerkbar. Mein Käsebrötchen war aus unerklärlichen Gründen spurlos aus meinem Rucksack verschwunden, als ich es an diesem Abend hervorkramen wollte. Luki hatte mir ein Hustenbonbon gegeben, das er gegen plötzliches Kratzen im Hals immer vorsichtshalber in seinem Rucksack getragen hatte, doch meinen Hunger hat es nicht gestillt.

Durst machte sich ebenfalls in meinem Körper breit, meine trockene Zunge war ein klares Anzeichen von Dehydration. Es hatte den ganzen Tag nicht geregnet und der See hatte kein fließendes, sondern nur stehendes Wasser, das man nur im schlimmsten Notfall trinken sollte.

Vielleicht war das hier schon längst ein Notfall. Vielleicht würden meinem Körper bereits in den nächsten Minuten die letzten Kraftreserven ausgehen und mich im Stich lassen.

Aber mein Körper ließ mich nicht im Stich. Luca, Julian, Marcel, Jim und ich erreichten humpelnd unseren vertrauten Rückzugsort.

Zum Glück war im Bus noch genügend Platz, sodass Jim schnell einen Ort zum Ruhen fand. Auch die anderen machten es sich so gemütlich, wie es dieser Bus nur zuließ, und fanden schnell in den Schlaf. Der Körper war dankbar für jede Sekunde Ruhe.

Gerade als auch ich wieder ins Reich meiner abstrusen Träume abtauchen wollte, vernahm ich ein leises Schluchzen, direkt gegenüber meiner Reihe.

Julia hatte sich tief unter ihrer Kleidung verkrochen, zum Teil sogar von ihrer Reisetasche verdeckt, doch das gut gedämpfte Weinen war zwar leise, aber deutlich wahrnehmbar.

Ein letztes Mal in dieser Nacht verließ ich vollkommen übermüdet mein Schlafnest und setzte mich auf den freien Sitz neben Julia. Kurz schreckte sie hoch und es wurde still, dann begann sie aber noch lauter zu schluchzen. Ich war mir sicher, dass sie bereits bestmöglich versuchte, ihre Trauer zu unterdrücken. Aber das brauchte sie nicht, nicht für mich.

Es war eine völlig natürliche, körperliche Reaktion, das Ergebnis der ganzen Emotionen und Gefühle, vor allem des Chaos und des Wahnsinns, die der eigenen Psyche in den letzten 48 Stunden zugefügt wurden.

Eben waren wir noch von Freunden und Familie umgeben, von Menschen, denen man nahestand und denen man vertraute, so musste man wenige Tage später plötzlich um sein Leben fürchten. Auf diese Situation war niemand vorbereitet, dieser Situation konnte niemand gewachsen sein.

Ich wollte zurück, zurück an einen Ort, an dem man sicher war. Ich wollte nicht wissen, was meine Eltern gerade dachten, welche Sorgen sie sich machten, weil ich mich nicht mehr meldete. Wer würde es ihnen mitteilen, wenn ich eines Tages verwahrlost und von Insekten zerfressen in einem liegen gebliebenen Schulbus mitten im schwedischen Wald gefunden werden würde? Wie würden meine Zuschauer es erfahren? Würden sie es überhaupt erfahren? Oder würden sie denken, ich hätte sie im Stich gelassen, hätte am anderen Ende der Welt ein neues Leben begonnen? Würden Boulevardzeitungen darüber berichten? Würde ich als Held sterben oder als Angsthase? Und würde man dann meine Geschichte verfilmen oder zumindest ein Buch über das schreiben, was ich gerade erlebte?

Ich begann zu weinen. Erst war es eine Träne, gefolgt von einem unabwendbaren Beben meiner Lippen, dann noch eine zweite Träne und schließlich ein Schwall an Emotionalität, die aus meinen Augen und meiner Nase floss. Ich konnte nicht mehr. Alles war zu viel. Ich weinte, was das Zeug hielt, mir egal, ob andere davon wach wurden und es lächerlich fanden, was ich tat.

Ich dachte an meine Eltern, meine Geschwister, meinen Hund ... aber auch an mich selbst. Ich tat mir selber leid. Bei all den Dingen, die ich nicht perfekt gemacht habe, den Fehlern, die mir in meinem Leben unterlaufen sind – ich hatte es trotzdem nicht verdient, hier draußen zu sterben. Nicht auf diese Art und Weise und vor allem nicht jetzt. Keiner von uns!

Aber ich lebte – und ich hatte noch alles in der Hand! Aufgeben konnte ich auch dann noch, wenn ich tot sein würde. Solange man lebt, muss man kämpfen! Und das wollte ich morgen tun – morgen würde meine letzte Chance sein. Alles oder nichts!

Kapitel 17

Im Bus

28. September

Alle waren schon wach, aber nichts und niemand konnte Julia und mich am nächsten Morgen von unserem Lachanfall abhalten, der daraus resultierte, dass wir mit salzig klebrigen Wangen vollkommen verheult nebeneinander aufgewacht waren. Eine völlig absurde und vor allem einmalige Situation.

So kurios dieser Moment auch schien, umso klarer wurde mir im nächsten, dass den anderen gar nicht so lustig zumute war.

Wieder konnte man einen Hauch Panik in den Gesichtern der anderen ausmachen. Ich erkundigte mich, was los sei.

»Es ist wieder jemand weg! Ich mach das nicht mehr mit!« Nico brüllte es mir förmlich ins Gesicht.

Ich schaute mich hektisch um, konnte aber nicht erkennen, wer fehlte, weil bereits ein Teil der Gruppe den Bus verlassen hatte.

»Wer fehlt denn?« Julia schaute sich ebenfalls fragend um.

»Heute war es nur Alicia, aber wer weiß, wer es

morgen sein wird.« Nico packte gerade einen Pullover in seinen Rucksack.

»Und sie ist einfach weg?«, fragte ich verdutzt.

Lisa kam gerade in den Bus und hatte meine Frage wohl gehört. »Denise und ich suchen sie schon den ganzen Morgen, sie ist einfach weg, spurlos.«

Ich war selbst von mir angewidert, weil ich nicht den Hauch von Mitleid oder Trauer empfand, versuchte aber wenigstens so zu tun, als ob es mir leidtäte.

»O Mann, sorry.« Mehr brachte ich nicht über die Lippen.

Nun war auch noch Alicia verschwunden. Larc, Fitti und Alicia. Die Liste der Verschwundenen wurde länger, auf unsere endlosen Fragen gab es noch immer keine plausiblen Antworten und einen Ausweg zu finden, schien immer utopischer zu werden, je mehr Zeit verstrich.

Als wäre es schon Routine in dieser vollkommen fremden Welt, streckte und dehnte ich mich auch an diesem Morgen und verließ mit schmerzenden Füßen den Bus – unser neues, temporäres Zuhause.

Ich spürte kein Hunger- oder Durstgefühl, dafür war mir viel zu schwindelig. Das ist kein gutes Zeichen, dachte ich.

Vor dem Bus standen einige im Kreis. Sie schienen sich zu beraten.

»Ich sage euch, es bringt gar nichts, hier weiter rumzusitzen«, feuerte Jim in die Runde, der erstaunlich fit dafür war, dass er gestern noch eine fette Beule kassiert hatte.

Chris stand ihm bei: »Sage ich ja!«

Ich war deutlich irritiert und torkelte auf die Runde zu. Plötzlich begann sich alles zu drehen, als wäre ich stundenlang Karussell gefahren, ich verlor den Halt und fiel hin. Mir war so übel wie noch nie. Denise kam unterstützend zu mir und half mir hoch. Moritz und Luki stürmten ebenfalls herbei.

»Scheiße, was ist los?« Luki schaute mich erschrocken an. Moritz gab mir einen Schluck Wasser aus seiner Flasche. Ich wollte gar nicht wissen, ob er es aus einer Pfütze aufgefüllt hatte oder ob es noch industrielles Mineralwasser war – ich war einfach dankbar für diese wenigen Tropfen Leben. Ich stellte mich aufrecht hin und schien mich wieder zu fangen.

»Was wollt ihr?!«, schrie ich Chris und Jim in einem für mich überraschend aggressiven Ton entgegen.

»Wir sollten alle wieder losgehen, Larc folgen. Diesmal zusammen und mit all euren verbliebenen Handys, die noch Strom haben, um damit Licht zu machen.« Jim hatte seinen Rucksack scheinbar schon fertig gepackt, denn er zog den Reißverschluss zu und setzte ihn sich auf den Rücken, bereit, in den nächsten Minuten alle Probleme hinter sich zu lassen und loszumarschieren.

»Nichts werdet ihr!«, schrie ich heiser. »Wir werden alle zusammen Fitti suchen, er braucht uns, sein Leben hängt von uns ab!!!«

»Sorry Mann, aber ich denke, das ist jetzt wohl sein Problem.« Jim grinste mich hämisch an. »Du solltest erst mal schauen, dass du überlebst«.

Provokant tätschelte er meine Schulter.

Seine arrogante und egoistische Art machte mich unfassbar wütend, sein selbstverliebter Ton und seine unpassende Ironie raubten mir die Kontrolle und sein herrisches Gehabe empfand ich als persönlichen Angriff. Ich konnte nicht anders. Ich holte aus und schlug zu – direkt in sein Gesicht.

Jim war offensichtlich vollkommen erschrocken über diese Reaktion und begann zu taumeln, ich nutzte diesen Zustand und holte noch einmal aus, schlug ihn mit voller Wucht zu Boden. Seine Nase begann zu bluten.

»FICK DICH!!!« Ich warf es ihm so deutlich wie möglich an den Kopf. Er hatte es verdient. Er stellte sein Leben über das aller anderen. Er hatte nur sich im Kopf, sollte er doch spüren, was man davon hat.

»Aufhören!« Denise ging dazwischen, die anderen zogen mich zurück, Chris beugte sich über Jim, der wieder zu sich kam.

»Was ist denn los mit dir?« Chris schaute mich entsetzt an, während Jim sich wieder aufrappelte. Er wollte gerade auf mich zustürmen, als wir plötzlich ein eigenartiges Geräusch aus der Ferne wahrnahmen.

Ein solches Geräusch gab es lange nicht zu hören, es war ein Klang wie aus einem anderen Leben – Motorenlärm! Alle schienen sich für einen Moment vergessen zu haben, schauten sich um und versuchten auszumachen, wo das Geräusch herkam. Schon bald merkten wir, dass es sich um ein Flugzeug oder einen Helikopter handeln musste.

Nico, der mittlerweile auch nach draußen gekommen war, sammelte seine letzten Kräfte und kletterte auf das Dach des Busses.

»Es ist ein Hubschrauber!«, schrie er uns euphorisch zu. Er begann wie wild mit den Armen zu fuchteln.

Die Augen zusammenkneifend, versuchte ich auszumachen, wie weit der Hubschrauber entfernt war – und tatsächlich: Gerade kaum größer als eine Schmeißfliege, kam ein kleiner, schwarzer Punkt mit Rotorblättern direkt auf uns zugeflogen. Rettung! Man hatte uns gefunden! Wir könnten uns helfen lassen! Wir könnten ihnen sagen, dass wir Suchtrupps benötigen, schon bald würde eine ganze Mannschaft schwedischer Superpolizisten hier sein, Fitti suchen und ihn finden, die Entführer gefangen nehmen, und wir alle könnten wieder nach Hause!

Könnten. Würden. Hätten.

Der Hubschrauber flog noch etwa eine Minute auf uns zu, war aber noch immer zu weit weg, um auf uns aufmerksam zu werden, als er plötzlich langsamer wurde und schließlich nur noch auf der Stelle flog.

»Was macht er denn da?« Sonny versuchte panisch noch wilder mit den Armen zu winken.

Luca schüttelte missmutig den Kopf. »Das hat keinen Sinn, die sehen uns aus der Entfernung nicht.«

Konzentriert blickten wir weiterhin in Richtung Hubschrauber, wartend und darauf hoffend, er würde wieder beschleunigen und auf uns zu fliegen.

Doch stattdessen flog er nun senkrecht nach unten. Der Hubschrauber schien viele Kilometer von uns entfernt zur Landung anzusetzen.

Wenige Sekunden später setzten die Motorgeräusche aus und der Hubschrauber war aus unserem Blickfeld verschwunden.

Bevor sich überhaupt irgendwer beschweren konnte, startete der Hubschrauber seinen Motor auch schon wieder und flog zurück in die Höhe – drehte ab und flog davon, und damit unsere Rettung, unsere letzte Hoffnung. Vielleicht gaben sie jetzt die Suche auf, würden nie wieder zu uns zurückkommen.

»Seht ihr! Genau das ist es nämlich!« Jim fühlte sich vollkommen bestätigt. Er hatte sich provisorisch ein paar Taschentuchfetzen in die Nase gesteckt, sodass die Blutung gestoppt wurde oder zumindest nichts mehr von ihr zu sehen war.

»Wären wir heute Morgen schon aufgebrochen,

hätte uns der Hubschrauber vielleicht gesehen! Wir müssen hier weg!«

Chris klatschte ihm Beifall. Scheinbar hatte Jim Larcs Position eingenommen, solange dieser nicht da war.

»Trotzdem werde ich hier nicht ohne Fitti weggehen.«

Moritz stellte sich demonstrativ neben mich. Luki tat es ihm gleich.

»Ich auch nicht. Er ist unser Freund und eher sterben wir hier zusammen, als ihn alleine zu lassen.« Das saß.

Nun stellten sich auch Luca und Julian neben mich.

»Ich habe mit Schuld ...«, Luca sah jedem von uns in die Augen, »... dass Fitti jetzt alleine da draußen ist. Also werden wir alle helfen, ihn da wieder rauszukommen.«

Gänsehaut.

Keine Gänsehaut, weil ich ängstlich war und mich fürchtete. Gänsehaut, weil ich den Mut spürte, der sich in meinem Körper ausbreitete und der seit Tagen nicht mehr zum Vorschein gekommen war. Gänsehaut, weil ich die Stärke des Teams und der Gemeinschaft fühlte, weil ich zum ersten Mal wusste, dass ich nicht alleine war. Hier waren Menschen, die fühlten und dachten wie ich. Und wir hatten ein Ziel: Fitti retten und raus hier! Koste es, was es wolle!

Mittlerweile waren auch Denise, Lisa, Marcel, Sonny und Julia auf unserer Seite. Erwartungsvoll starrten wir nun alle zu Nico. Er sah uns nachdenklich an, schüttelte dann aber den Kopf.

»Tut mir leid, Jungs. Die beiden hier haben recht.« Er sah zu Jim und Chris. »Auch wenn ihr Fitti heute findet – ihr kommt hier trotzdem nicht weg. Irgendwer muss Hilfe suchen.« Er zog die Schlaufen seines Rucksacks fest. Lisa versuchte, auf ihn einzureden: »Aber wir können hier jede Hilfe gebrauchen, es geht um ein Menschenleben.«

Nico schaute uns wieder nachdenklich an. In seinem Kopf schien es zu rattern. Für was sollte er sich entscheiden?

Er schaute geknickt zu Boden.

»Ich werde jede Hilfe herschicken, die ich finde. Versprochen.« Damit drehte er sich um und ging los, Jim und Chris folgten ihm.

Enttäuscht schauten wir ihnen nach.

»Kann man nichts machen.« Luki schaute uns erwartungsvoll an. »Wie geht's jetzt weiter?«

Niemand wollte reden. Die letzten Minuten mussten erst einmal verarbeitet werden. Dieser Morgen schien völlig surreal. Sollte ich dieses Abenteuer überleben, würde ich von ihm noch Jahre erzählen.

Erst wachte ich verweint neben Julia auf, fiel vor Hunger und Durst fast in Ohnmacht, prügelte dann auf jemanden ein, den wir in der vorherigen Nacht gerettet hatten, sahen einen Hubschrauber, der wieder abflog, und nun standen wir hier, völlig ratlos und verdattert – wirklich ein verrückter Morgen!

»Moment, ich …«, Sonny schüttelte völlig verwirrt den Kopf, »… ich muss das alles erst einmal verarbeiten.«

»Was genau?«, fragte Marcel.

»Na das alles hier! Was ist hier bitte los?« Sonny schien wirklich nicht mehr zu wissen, was sie denken sollte.

»Wisst ihr, was sein kann? Vielleicht ist das hier alles nur ein gigantisches Projekt von YouTube. Überlegt doch mal …« Julian schaute uns erwartungsvoll an.

»Das hier ist alles ein Riesenvideo! Überall sind versteckte Kameras, die wir natürlich nicht sehen. Wie bei ›Tribute von Panem‹. Und das Video wird gerade live gestreamt! Tausende Zuschauer.«

Verdutzt schauten wir Julian an.

»Das wäre krank.« Luki schien die Idee dennoch für möglich zu halten.

Luca weniger: »Das wäre vor allem hochgradig illegal, das kann nicht sein. Wir könnten YouTube danach so heftig verklagen.«

»Okay STOPP!« Ich wollte nicht wieder so laut werden wie noch vor wenigen Minuten, wollte aber trotzdem klar Position beziehen und deutlich machen, um was es hier gerade ging.

»Wir können uns auch später noch Gedanken darum machen. Wir sollten jetzt nach Fitti suchen!«

Erleichtert, dass ich auf keinen Widerstand stieß, teilte ich unsere Gruppe in zwei Hälften ein. So konnten wir gezielter und effizienter die Ostseite des Busses absuchen.

Wir verabredeten einen Treffpunkt, der uns nach einer Stunde – für den Fall, dass wir uns nicht durch Schreie verständigen konnten – wieder zusammenführen sollte.

Luki, Moritz, Lisa, Denise und ich waren für den Nordosten eingeteilt, Marcel, Sonny, Julian, Luca und Julia erkundeten den Südosten.

Ob wir Fitti retten könnten, sollte sich in den nächsten Stunden entscheiden!

Kapitel 18

Im Wald

28. September

»Wir müssen jetzt entscheiden, ob links oder rechts.« Ich schaute Moritz und Luki fragend an.

Mal wieder standen wir vor einer Lichtung, in deren Mitte sich ein See ausbreitete. Dieses Gewässer war jedoch ein ganzes Stück größer als der Badesee vom Tag zuvor, sodass wir ihn entweder über die linke oder rechte Seite passieren mussten.

»Mann, wir sind jetzt schon eine Stunde unterwegs.« Lisa rollte mit den Augen.

Wir waren noch nicht ganz eine Stunde unterwegs, aber eben mindestens schon vierzig Minuten. Für eine gewöhnliche Wanderung wäre das keine lange Zeit gewesen, dafür, dass der Entführer Fitti bis hierhin geschleppt haben sollte, allerdings schon.

Unterwegs hatten wir, wie schon am Vortag, Symbole in Bäume geritzt, damit wir uns nicht verlaufen konnten. Wir hatten breitflächig jeden Strauch nach Spuren untersucht, jeden Stein angehoben und jede Felsnische inspiziert, aber wir fanden nichts. Weder Spuren von einem Mann noch von Fitti.

Mich nervte der Unmut, der sich, als hätte ich ein Abonnement abgeschlossen, in den letzten Tagen nahezu stündlich aufs Neue in meinem Körper breitmachte.

»Was denn jetzt, links oder rechts?« Auch Moritz strotzte nicht gerade vor Motivation.

Ich fokussierte den See und folgte mit meinem Blick dem Verlauf des Ufers. Das Wasser wirkte wesentlich schmutziger als das des sauberen Sees vom Vortag, die Oberfläche war milchig und undurchdringbar, weit und breit keine Fische, die nach Insekten jagten. Frösche oder Kröten waren entweder verstummt oder mieden den riesigen Teich.

Mein Blick wanderte nach rechts und traf auf einige Bäume, die zum Teil sogar bis ins Wasser hineinwuchsen. Große Steine und Felsen verteilten sich zwischen den Büschen und warfen Schatten wie Grabsteine ans Ufer.

Doch da hinten in der Felswand, da war etwas. Ich kniff meine Augen zusammen. Undeutlich, weil sie bestimmt einen Kilometer entfernt lag, aber dennoch mit dem bloßen Auge zu erspähen, schien sich eine Höhle dort hineingefressen zu haben.

»Was siehst du?« Denise folgte meinem Blick.

Ich legte vorsichtig meine Hände an ihren Kopf und bewegte ihn in meine Sichtrichtung.

»Dort drüben«, erklärte ich der Gruppe, »da ist eine Höhle.«

Nun hatten sie auch die anderen entdeckt.

»Meinst du …?« Luki sprach nicht zu Ende. Wir wussten es nicht, aber wir hofften alle das Gleiche.

»Wenn wir nicht nachsehen, werden wir es niemals erfahren.« Mit diesen Worten setzte ich unsanft meinen Rucksack wieder auf, in dem sich nicht mehr als ein schmutziger Pullover und ein weiteres Hustenbonbon befand, welches Luki noch entbehren konnte, und schritt los. Die anderen folgten mir.

Nach etwa zwanzig Minuten erreichten wir die Höhle. Der Eingang war etwa zwei Meter breit und drei Meter hoch. Aus direkter Nähe wirkte sie angsteinflößend und deutlich größer als zuvor angenommen.

Es war nicht schwierig, sie zu finden, immerhin mussten wir nur dem Flussufer folgen.

Nun, direkt vorm Eingang, taten sich mir Zweifel auf. Ein flaues Gefühl breitete sich in meiner Magengegend aus.

Luki schien sich auch nicht sicher zu sein: »Sollen wir einfach reingehen?«

Ich dachte nach. Wenn Fitti dort gefangen war, könnte es für uns ungemütlich werden. Denn wenn wir dem Entführer direkt in die Arme liefen, würde es für uns vermutlich schon zu spät sein – immerhin war der Mann bewaffnet.

Vielleicht aber war Fitti dort auch alleine – oder mit Alicia und Larc. Wir könnten sie unbemerkt befreien und uns aus dem Staub machen.

Vielleicht aber – Moritz unterbrach mich in meinen Gedanken: »Was, wenn da drin Tiere leben? Fledermäuse oder Ratten?«

Ich musste schmunzeln. »Also wenn da nur Fledermäuse oder Ratten drin leben, können wir echt froh sein.«

Denise und Lisa schauten sich gleichzeitig an, ihr angewiderter Blick verriet, dass wir definitiv nicht auf sie zählen konnten, wenn wir uns tatsächlich in die Dunkelheit vortasten wollten.

»HAAALLOOO?« Luki schien nicht ganz mitbekommen zu haben, dass wir uns vielleicht schon in diesem Moment in Gefahr befanden. Doch jetzt war es sowieso schon zu spät, sein Ruf hallte bis tief ins Herz der gruseligen Aushöhlung.

Gespannt warteten wir ab. Sekunden verstrichen. Nichts rührte sich. Kein verschlafener Wolf kam aus der Höhle, um sich über die Ruhestörung zu beklagen, keine Waffe wurde uns von einem zornigen Riesen entgegengestreckt und kein einsamer Fitti schrie kläglich um Hilfe. Totale Stille – wie so oft in diesem Wald.

»Okay, entweder sind die da drinnen taub, oder da ist niemand«, schlussfolgerte Moritz.

»Dann lasst es uns wagen«, sagte ich. Alle schauten mich demotiviert an.

»Kommt schon, wir müssen es genau wissen. Wir gehen da jetzt rein.« Ich ging einen Schritt vor.

Denise hielt mich am Arm fest. »Geh da nicht

rein. Du weißt doch gar nicht, was euch da drinnen erwartet.«

»Und deswegen sollten wir es auch tun«, antwortete Luki mutig für mich. Er kramte in seiner Tasche und holte sein Handy hervor, das er an den vergangenen Tagen vorausschauend nur einschaltete, wenn er die Taschenlampen-Funktion benötigte.

»Wartet hier, wir sind gleich wieder zurück«, versprach ich Denise und Lisa. Dann machten wir ein paar Schritte vor und betraten die Höhle.

Kapitel 19

In der Höhle

28. September

Die Höhle war kalt und nass. Es roch nach Moos und verstaubtem Keller. Aus dem Inneren drang ein dumpfes Dröhnen in meine Ohren, das jedoch auch ein durch unsere eigenen Schritte verursachtes Echo gewesen sein konnte. Lukis Smartphone spendete enttäuschender Weise nur wenig Licht, sodass wir keine weite Sicht nach vorn hatten. Dennoch wollten wir uns ungern mit unseren Händen an den Seiten vorantasten, da wir bereits am Eingang einige bemerkenswert große Spinnen direkt an den Felswänden ausfindig gemacht hatten.

Wehe, es seilt sich eine auf meinen Kopf ab!

Wir schritten also langsam und vorsichtig immer tiefer ins Nichts. Nach wenigen Metern wurde es enger und eine Abzweigung nach rechts stahl uns das letzte Licht, das durch den Eingang in die Höhle geworfen wurde.

Ich malte mir Fledermäuse aus, die an der Decke hingen, Spinnennetze hinter jedem Stein und gelbe Augen von hungrigen Wölfen am Ende der Grotte.

»Scheiße, könnt ihr das riechen?« Luki erschreckte mich zu Tode.

Ich nahm eine ordentliche Brise Höhlenluft durch die Nase. Ich spürte, wie meine Nasenhaare feine Staubpartikel aus der unsauberen Luft filterten. Außerdem identifizierte ich einen seltsamen Geruch.

»Bah, das riecht ja richtig widerlich!« Moritz schüttelte sich. Ich atmete noch mal ein, diesmal durch den Mund. Und tatsächlich – man spürte einen unnatürlichen Mief, der sich förmlich wie eine dünne Schicht Schlamm auf der Zunge absetzte. Ich strich meine Zunge an meinen Gaumen. Ich bemerkte es. Es schmeckte nach – Tod.

»Alter, was ist das denn? Leuchte mal hier!«

Luki folgte Moritz' Befehl und schwenkte sein Handy zu ihm rüber. Auf dem Boden war nichts zu erkennen.

»Das ist einfach nur eklig, was ist das?«

Ich schaute zu Moritz rüber. »Es riecht nach Kadaver«, erklärte ich ihm.

Er erschrak, und erst in diesem Moment wurde mir klar, warum. Ich traute mich nicht, meine Gedanken auszusprechen, aber wir dachten in diesem Moment alle das Gleiche. Niemals konnte das Fitti sein … oder?

»Ihh, dann nimm du mal das Licht.« Luki streckte mir angeekelt sein Handy entgegen. Artig nahm ich es an mich und schritt langsam vorwärts, dem abweisenden Duft des Todes folgend. Nach wenigen Schritten nahm ich monotones Fliegensurren wahr – hier gab es also doch noch Leben. Doch Fliegen bedeuteten nichts Gutes, sie waren die Geier des Insektenreichs – und sie irrten sich nie.

Ängstlich vor dem, was mich erwarten würde, schwenkte ich das Handy ein Stück weiter nach vorn. Ich blinzelte konzentriert, Luki und Moritz standen dicht hinter mir.

Und da sahen wir es – kein Grund zu tiefer Trauer, aber auch kein Grund zur Freude. Auf dem kalten, schmutzigen Boden lag wenige Meter vor uns ein kleines Bärenjunges – es hatte sein Leben ausgehaucht.

»Oh, nein …«, mitleidig musterte Luki das kleine Ding, »warum ist es denn tot?«

»Das kann viele Gründe haben«, führte ich aus. Ich war schon längst zum Naturkunde-Experten ernannt worden. »Vielleicht war es krank oder hatte Parasiten. Oder es ist verhungert, weil die Mutter es nicht mehr säugen konnte.«

Luki schüttelte verständnislos den Kopf. Ich konnte seinen Augen Mitgefühl entnehmen.

Wir leuchteten unserer ursprünglichen Aufgabe nachgehend die Höhle weiter ab, mussten aber feststellen, dass wir uns bereits am Ende befanden.

Bevor uns noch eine wütende Bärenmutter entgegenkommen konnte, entschieden wir uns, die Höhle schnellstmöglich wieder zu verlassen.

Grelles Sonnenlicht empfing uns, als wir die ersten Schritte auf dem dicht bewachsenen Grasboden machten. In der wärmenden Sonne, neben dem leisen Plätschern eines weit entfernten Bachs und mit der angenehm frischen Brise, die einem um die Nase wehte, fühlte man sich gleich viel wohler.

Wir sahen uns um und stellten Erschreckendes fest: Von Denise und Lisa fehlte jede Spur!

»Scheiße, wo sind die hin?« Moritz wirbelte hektisch herum.

Wir waren kaum länger als zehn Minuten weg, hatten nichts gehört. Sie konnten unmöglich verschwunden sein.

»Das kann doch nicht wahr sein, wenn die jetzt auch noch weg sind, dann …« Moritz wurde von einem PSCHT unterbrochen. Erschrocken drehten wir uns um und entdeckten Denise und Lisa in einem kleinen Vorsprung zwischen den Felsen auf der gegenüberliegenden Seite. Sie hielten sich den Finger an den Mund, machten uns klar, dass wir verdammt noch mal die Klappe halten sollten.

Auf Zehenspitzen schlichen wir uns zu ihnen und passten gerade auch noch in die Nische, in der sie sich versteckt hielten.

»Was soll das?« Ich schaute Denise fragend an, war dabei dicht an ihren Körper gepresst, weil nicht viel Platz war.

»Wir haben etwas entdeckt!«, flüsterte sie mir zu und nahm nun, wie ich es vorhin bei ihr getan hatte, behutsam meinen Kopf zwischen ihre Hände und zog ihn an den Felsen. Erst verstand ich nicht, was sie damit bezwecken wollte, doch dann konnte ich einen kleinen Schlitz zwischen den Felsen ausmachen, durch den man tiefer in den Wald schauen konnte. Ich presste mein Gesicht direkt an den Felsen und lugte mit meinem linken Auge durch die Öffnung. Und tatsächlich: In etwa hundert Metern Entfernung konnte man etwas Außergewöhnliches erkennen, etwas, das ich seit langer Zeit nicht mehr gesehen hatte. Mitten im Nichts, umgeben von Hunderten Quadratkilometern Wald, stand eine Hütte!

Kapitel 20

Zwischen den Felsen

28. September

Eine Hütte, mitten im Wald. Wir konnten es nicht fassen. Meine Gedanken überschlugen sich. Selbst wenn wir Fitti nicht antreffen würden, selbst wenn wir nicht mal einen Hinweis auf seinen Verbleib bekämen – wir könnten um Hilfe bitten. Wir könnten an der Tür klopfen und fragen, ob wir ein Handy benutzen dürften, das bei ihnen Empfang hatte. Ob wir die Polizei verständigen können, damit sie nach Fitti suchen, seine Fährte aufnehmen würden. Das wäre unsere Chance – und die lag gerade mal hundert Meter von uns entfernt.

»Lass mich noch mal durchgucken.« Moritz schubste Luki unsanft zur Seite.

»Ist ja gut«, murmelte er und kroch aus der Nische raus.

»Wir müssen erst einmal sichergehen«, entschied ich, »sobald wir wissen, wer da drin ist, können wir die nächsten Schritte durchgehen.« Keiner widersprach mir. Dieser Plan schien richtig. Auf den letzten

Metern vor dem Ziel durfte uns bloß kein Fehler passieren.

Wir folgten Luki und gingen um die Felsen herum, erreichten wieder den See. Von hier müsste man nur parallel zum Ufer laufen und schließlich quer in den Wald einbiegen. Dann würde man die Vorderseite der Hütte erreichen und könnte versuchen, sich langsam an die Fenster heranzuschleichen.

Noch immer machten sich keine Seebewohner bemerkbar. Stattdessen entdeckte ich einige Plastikflaschen und eine schmierige Ölspur an der Oberfläche des Sees. Vermutlich sind alle Tiere verreckt, so verschmutzt wie der See ist.

Wir verließen den sandigen Pfad am Ufer und schritten, mit einem klaren Ziel vor Augen, zurück in den Wald.

Eine Elster krächzte mürrisch, als wir sie beim Beerensammeln aufschreckten.

Nach einer kleinen Steigung konnten wir die Hütte erkennen. Sie lag nur noch wenige Meter vor uns. Vorsichtig schlichen wir näher und näher, in geduckter Haltung, damit man uns nicht von innen ausmachen konnte.

Die Hütte wirkte größer und imposanter, je näher man ihr kam. Sie hatte nicht viele Fenster, die zu allem Überfluss noch dunkel getönt waren, sodass man von unserem Standpunkt aus nicht einmal vermuten konnte, was sich im Inneren abspielte.

Die Tür war aus massivem Holz, eine kleine Veranda ließ den Eingang fast schon idyllisch wirken.

Mitten im Wald zu wohnen, muss schrecklich einsam und wunderschön zugleich sein, dachte ich.

Gerade als wir uns zu der Fensterfront schleichen wollten, vernahmen wir ein Geräusch. Es kam aber nicht aus der Hütte, sondern von hinten!

Erschrocken drehten wir uns um. Aus der Entfernung waren Motorengeräusche zu hören!

»Alter, der Hubschrauber sucht wieder nach uns!«, jubelte Luki.

Doch die Motorengeräusche wurden lauter, sehr schnell lauter. Das konnte kein Helikopter sein.

»Fuck, das ist ein Auto oder so!« Moritz schaute in die Ferne, konnte aber nichts ausmachen.

»RUNTER!«, befahl ich. Wir versteckten uns in einer kleinen Ansammlung von Sträuchern mit gezackten Blättern, was ich schnell bereute, weil der ganze Boden mit Ameisen übersät war.

»Wie soll denn hier bitte ein Auto langfahren, bei den ganzen Bäumen.« Luki schüttelte den Kopf. »Das muss ein Quad sein. Damit bin ich mal im Urlaub gefahren.«

Und tatsächlich. Durch die dichten Blätter konnte man nicht viel, aber dennoch genug erkennen, um jenes Quad auszumachen, das Luki gerade vorhergesehen hatte. Es kam aus derselben Richtung, aus der wir vor wenigen Sekunden hergelaufen sind. Welch ein Glück!

Das Quad fuhr zwar gefährlich nah an uns vorbei, wir waren aber durch das dichte Gestrüpp gut getarnt.

Es wurde vor der Hütte abgestellt und zwei Männer stiegen ab. Viel konnte man von ihnen nicht erkennen, da sie sich von uns abwendeten. Sie hatten Tarnhosen an und trugen beide eine beige Cap, darunter lugte kurzes, dunkles Haar hervor. Einer der beiden war unverkennbar die Gestalt im Nebel, denn er war über zwei Meter groß, kräftig und muskulös gebaut. Der andere war schmächtiger, Adern zeichneten sich deutlich an der Rückseite seiner Arme ab, eine Schlangentätowierung zierte seinen Hals. Nicht weniger beeindruckend war das Gewehr in seiner Hand.

Die beiden Männer sprachen in einer uns unbekannten Sprache – vermutlich Schwedisch – und schienen dabei über ein brisantes Thema zu reden, so aufgebracht wirkten sie.

Lautstark argumentierend betraten sie schließlich die Hütte und verschlossen die Tür hinter sich. Wir kauerten noch immer im Ameisenbusch.

»Was jetzt?« Luki schaute mich fragend an.

Ich dachte kurz nach. »Wir müssen irgendwie durch die Fenster schauen. Vielleicht ist Fitti ja wirklich da drin.« Ich zeigte auf die Hütte.

»Und wie sollen wir das machen, ohne entdeckt zu werden?« Nun hatte sich auch Moritz wieder eingeschaltet.

Ich war mir unsicher. Je mehr von uns zum Fenster schleichen würden, umso größer war die Gefahr, entdeckt zu werden. Wir mussten aber durch die Fenster schauen – eine andere Möglichkeit gab es nicht.

Luki schien denselben Gedanken zu haben wie ich.

»Ich gehe«, flüsterte er uns zu. Ehe wir ihn davon abhalten konnten, verabschiedete er sich mit »Für Fitti!« und kroch auf allen vieren in Richtung Hütte. Ich wollte gar nicht wissen, wie viele Ameisen gerade an seinem Körper hochkrabbelten.

Ohne einen Mucks von uns zu geben, beobachteten wir Luki, wie er ungesehen das Fenster erreichte. Er kauerte nun genau unter dem Sims und blickte uns an. Wir gaben ihm ein Handzeichen, dass keine Gefahr zu erkennen war. Vorsichtig machte er sich groß, zog sich zum Fenster hoch und drückte schließlich sein Gesicht gegen die dunkle Scheibe, in der Hoffnung, irgendetwas erkennen zu können.

Nichts Verdächtiges war zu hören. Nichts im Haus schien sich zu bewegen. Luki starrte konzentriert durch die Scheibe. Was er sah oder nicht sah, würde er uns in wenigen Sekunden mitteilen.

Mein Herzschlag wurde schneller, die Aufregung stieg. Bitte lass Fitti da drin sein, bitte lass Fitti gesund sein.

Luki schaute noch immer wie gebannt nach innen. Er war schon viel zu lange am Fenster, das war zu riskant. Was hatte er entdeckt?

Ich überlegte, ob ich einen Ast nach ihm werfen oder ihm leise etwas zurufen sollte, aber viel zu groß war die Gefahr, dass wir auf uns aufmerksam machten.

Doch er musste wieder in Deckung gehen, die Männer würden ihn sonst garantiert entdecken.

»Was tust du?«, flüsterte Moritz, als ich aus meinem Versteck hervorkroch.

»Ich will wissen, was er dort sieht!« Langsam schlich ich mich zu Luki, Schritt für Schritt, doch es war schon zu spät. Urplötzlich öffnete sich die Tür und der riesige Mann stand vor uns – und er schien nicht sehr erfreut!

Kapitel 21

Vor der Hütte

28. September

Ich stieß ein erschrecktes Keuchen aus. Einerseits freute ich mich darüber, dass der Mann die noch im Busch kauernden anderen nicht entdeckt hatte, andererseits war ich schockiert darüber, dass Luki und ich nun in größter Gefahr schwebten. Dann bekamen mich die kräftigen Pranken zu fassen und zerrten mich ins Innere der Hütte – mich rechts und Luki links.

Noch ehe ich um Hilfe rufen oder mich zur Wehr setzen konnte, schlug ich auf dem Holzboden der Hütte auf, die Tür wurde hinter uns verschlossen.

Endlich dem schrecklichen Wald entflohen, war ich mir nicht sicher, ob ich mich gerade nicht an einem viel schlimmeren Ort befand. Ich wollte es gar nicht herausfinden …

Ein miefender, dem in der Höhle gleichender Geruch stieg mir in die Nase. Um eine Platzwunde am Kopf zu vermeiden, hatte ich mich mit meinen Händen abgefangen, als mich der Muskelprotz zu Boden geworfen hatte. Dafür hatte sich ein langer

Splitter tief in meine Innenhandfläche gebohrt, die nun anfing zu brennen und zu bluten. Meine Hose war an den Knien aufgerissen – es war sowieso ein Wunder, dass sie bis zu diesem Zeitpunkt durchgehalten hatte.

Außerdem war ich mit meinem Fuß unangenehm umgeknickt und von meiner Lippe floss Blut, weil ich mir vor Schreck draufgebissen hatte. Ich spürte den Eisengeschmack des Bluts auf meiner Zunge.

Als ich keine weiteren Verletzungen an meinem Körper spüren konnte, öffnete ich vorsichtig meine Augen.

Luki lag in ähnlich verkrüppelter Haltung neben mir. Der hagere Mann mit Schlangentätowierung war gerade dabei, detektivisch Lukis Taschen zu durchsuchen. Außer einem seiner Hustenbonbons und einem vergilbten Tuch brachte er nichts zum Vorschein.

Der Mann faselte irgendetwas, für uns blieb es jedoch unverständlich.

Der Gorilla ging inzwischen nervös in der Hütte auf und ab und überprüfte dabei, ob sein Gewehr geladen war.

Ich hatte eine schreckliche Vorahnung, traute mich jedoch nicht, den Gedanken zu Ende zu führen.

Nun band der Mann Lukis Hände mit einem kräftigen Seil zusammen und zerrte ihn an die Wand gegenüber der Eingangstür. Er redete drohend auf

Luki ein, doch solange dieser nicht heimlich einen Schwedisch-Sprachkurs belegt hatte, sollte er wohl kaum auf Verständnis stoßen.

»We are sorry! Wir haben nichts gemacht.« Luki flehte ihn an, wechselte stammelnd zwischen Deutsch und Englisch, in der Hoffnung auf Gnade zu treffen, vielleicht sogar Freiheit und Hilfe zu bekommen. Doch vergebens.

Entweder verstand sein Gegenüber ihn nicht oder er wollte es nicht verstehen. Er zog das Stück Seil nur noch etwas fester an einen provisorisch angebrachten Heizkörper und stellte sich wieder aufrecht.

Er drehte sich um und ging auf mich zu!

Ungefragt und möglichst kooperativ begann ich damit, meine Taschen zu entleeren, doch der Mann schien von meiner Hilfsbereitschaft wenig begeistert zu sein, denn er stieß mich nur unsanft zu Boden, sodass er meine Taschen selbst überprüfen konnte.

Anschließend wurden auch meine Hände verbunden und das Seil am Heizkörper festgemacht, sodass ich mich – genau wie Luki – nicht mehr von der Stelle bewegen konnte. Meine Handgelenke drückten schmerzend aneinander und ich war mir sicher, dass kaum mehr frisches Blut in meine Finger gepumpt werden konnte.

Ich sah mich im Raum um. Die Hütte war schlicht eingerichtet. An den Wänden hingen keine van Goghs oder Picassos, auch keine One-Direction-Poster oder

Leinwandbilder mit atmosphärischen Naturlandschaften. Lediglich ein Hirschgeweih wurde als Trophäe über den Türrahmen gehängt, sodass jeder Besucher einen Blick darauf werfen musste – insofern er die Hütte wieder verlassen durfte.

In der Mitte stand ein quadratischer Tisch aus Ebenholz, geschmückt mit einer dreckigen Tischdecke, deren ursprüngliche Musterung kaum mehr erkennbar war.

Drei Stühle und ein Hocker standen ungleichmäßig um den Tisch herum und schienen die einzige halbwegs bequeme Sitzmöglichkeit im Raum darzustellen.

In der uns gegenüberliegenden Ecke waren zwei heruntergekommene Matratzen platziert, auf denen zwei camouflagefarbene Schlafsäcke abgelegt worden waren.

Der Verschleiß der Matratzen verriet, dass sich die Männer entweder schon länger oder zumindest sehr regelmäßig hier drinnen aufhielten.

In einer anderen Ecke war eine kleine Küchenfront aufgebaut, insofern man einen Campingkocher und einen halbgefüllten Wasserkanister im Zusammenspiel mit ein bisschen Besteck, Bechern und ein paar Papptellern als Küche bezeichnen konnte. Einige Konservendosen mit Chili con Carne sowie Zitronenlimonade-Flaschen bestätigten meine Vermutung – die Männer schienen sich schon länger in diesem Loch aufzuhalten.

Ansonsten fiel mir noch eine weitere Tür ins Auge, die mit einem stabilen Schloss gesichert war. Meiner Einschätzung nach führte sie nicht nach draußen, sondern musste Zugang zu einem weiteren Raum sein – es sei denn, die Hütte wirkte von außen wesentlich größer als von innen.

Luki schien die Tür ebenfalls aufgefallen zu sein, denn er stupste mich an und deutete mit seinem Kopf in Richtung Tür.

Ich nickte ihm zustimmend zu, doch er hatte etwas anderes entdeckt.

»Das Blut!«, flüsterte er in mein Ohr.

Ich suchte den Boden ab und erschrak – tatsächlich floss eine dunkelrote Flüssigkeit unter der Tür in unseren Raum. Was auch immer sich hinter ihr befand – ich wollte nicht an seiner Stelle sein. Noch bevor ich mir weiter Gedanken darüber machen konnte, klopfte es plötzlich an der Tür!

Kapitel 22

In der Hütte

28. September

Das Klopfen an der Tür wurde lauter. Der schmächtige Kerl, der mittlerweile seine Cap abgesetzt und uns freie Aussicht auf seine imposanten Geheimratsecken gab, schreckte zusammen. Es musste sich um unangekündigten Besuch handeln!

Ich betete inständig, dass dort nicht Moritz, Lisa und Denise standen, die versuchten, uns heroisch hier heraus zu manövrieren.

Keine Frage – an gutem Willen war nichts auszusetzen. Aber keiner der beiden Männer, vor allem nicht der Riese, machten den Anschein, als wäre es ihnen wichtig, wie es uns ergeht. Außerdem trugen sie eine Waffe bei sich, die sie definitiv im Notfall benutzen würden.

Der große Mann öffnete genervt die Tür, nachdem er einen Blick durchs Fenster geworfen, aber offensichtlich niemanden ausgemacht hatte.

Begrüßt wurde er mit einem kräftigen, aber leider nicht ausreichend kräftigen Schlag direkt ins Gesicht.

Hulk stolperte einige Schritte zurück in den Raum, fing sich aber schlagartig wieder, ehe Moritz zu einem weiteren Schlag ansetzen konnte.

Er brüllte auf, warf seinem Kollegen das Gewehr zu und packte Moritz am Kragen, hob ihn einige Zentimeter hoch. Ich war mir sicher, dass er um einiges kräftiger zugriff als noch zuvor bei Luki und mir.

»JÄVEL!«, schrie er ihn an, »JÄVEL!!!«

Ich hatte keine Ahnung, was das bedeutete, aber er schrie es mehrfach und nicht minder aggressiv, während Speichel aus seinem Mund lief. Cholerisch zog er Moritz nach innen und ließ die Tür mit einem Donnern zukrachen. Wie zuvor uns warf er auch Moritz zu Boden und befahl seinem Kollegen, ihn festzubinden.

Dann griff er sich eine Cola-Flasche und hielt sie sich kühlend ins Gesicht. Mich hätte Moritz mit einem Schlag ausgeknockt, für ihn würde es morgen nur noch ein kleiner, blauer Fleck sein.

Während Moritz gefesselt wurde, schaute er uns gefrustet und beschämt an. Sicher hatte er sich seine Befreiungsaktion anders vorgestellt. Nun saßen wir alle drei in der Falle – niemand von uns wusste, was passieren sollte!

Als die beiden Männer Moritz schließlich neben uns platziert hatten – offensichtlich war die Heizung die einzige Möglichkeit im Raum, jemanden festzubinden –, gerieten die beiden Männer in eine hitzige Diskussion. Im Detail zu verstehen, über was genau sie stritten, war wegen der Sprachbarriere unmöglich. Dennoch war unverkennbar, dass es um uns ging. Vielleicht wurde über unsere Absichten gesprochen, vielleicht darüber, was mit uns gemacht werden sollte. Vielleicht ging es sogar schon darum, wie man uns am effektivsten loswerden könnte.

Ich will es wirklich nicht wissen, dachte ich und spürte einen ordentlichen Kloß im Hals.

Schließlich schienen sich die Männer auf irgendetwas geeinigt zu haben, denn der Kleine nickte überzeugt mit dem Kopf und verließ zusammen mit dem Riesen die Hütte. Die Waffe nahmen sie mit.

»Wo gehen die hin?« Moritz schaute vorsichtig zur Tür. Obwohl die Männer nicht da waren, flüsterte er.

»Vielleicht fahren die wieder. Weg kommen wir hier jedenfalls nicht.« Luki versuchte sich loszureißen, doch die Fesseln waren gekonnt verknotet.

»Das glaube ich nicht«, setzte ich an, »ich denke, die suchen jetzt erst mal die Gegend ab. Die gehen sicher davon aus, dass hier noch mehr von uns sind.«

Moritz schaute erschrocken hoch. »Dann hoffen wir mal, dass Lisa und Denise sich gut verstecken können.«

»Sind sie denn noch in den Büschen?«, fragte Luki.

»Nein.« Moritz schüttelte den Kopf. »Sie sind

schon weggelaufen, kurz nachdem ihr von dem Kerl hier reingeschleppt worden seid.«

»Und was wollen sie machen?« Luki schaute ihn fragend an.

»Na, Hilfe holen. Sie müssen die anderen finden.«

Ich schloss die Augen, wie ich es oft tat, wenn ich nicht wollte, dass man mir meine Verzweiflung ansah.

Alles, was in den letzten Tagen passiert war, glich einem packenden Film, dessen Dramaturgie absichtlich so konstruiert war, dass die Protagonisten in jeder neuen Situation einem noch größeren Problem gegenüberstanden. Bei uns verhielt es sich genauso: Mit jedem neuen Tag sollte sich unsere Situation auf ein Neues verschlechtern.

Hatte man am Vortag nur Sorgen um genügend Essen und Trinken oder einen warmen Platz zum Schlafen, so verschwanden am nächsten Tag plötzlich Freunde spurlos oder sie wurden von Bären angegriffen. Und ehe man sich versah, brach der nächste Tag an und man saß selber gefesselt in einer Hütte – ungewiss darüber, ob man jemals wieder das Tageslicht erblicken würde. Wer jetzt freiwillig über den morgigen Tag nachdenkt, ist eindeutig verrückt.

»Fließt da Blut raus?« Nun hatte auch Moritz die geheimnisvolle Tür entdeckt. Mittlerweile hatte sich eine merkliche Pfütze im Raum gesammelt.

»Was glaubt ihr, was hinter der Tür ist?« Luki schaute uns interessiert an.

»Meint ihr, Fitti ist …« Moritz sprach nicht weiter.

»Quatsch!«, durchbrach ich das nachdenkliche Schweigen. »Erst mal ist noch gar nicht gesagt, dass es wirklich Blut ist, und selbst wenn, dann kann es auch …«

»Riecht ihr das?«, unterbrach mich Moritz. »Das riecht ja wirklich eins zu eins wie in der Höhle.«

Wir mussten ihm zustimmen.

»Das riecht nach Tod«, beendete er schließlich seine Feststellung.

Mir war klar, dass es Anzeichen dafür gab, dass hinter der Tür etwas auf uns wartete, das nicht mit rechten Dingen zuging. Mir war auch klar, dass wir noch immer nicht ansatzweise wussten, was mit Fitti passiert war.

Trotzdem wollte ich nicht an das Unaussprechliche glauben. Wir haben ihn nicht verloren! Und uns haben wir auch noch nicht verloren.

Ich versuchte, mit meinen Fingern die Fesseln abzutasten. Meine Hände kribbelten mittlerweile wie ein eingeschlafener Fuß, mit dem man gerade die ersten Schritte unternimmt.

Das Seil war mindestens drei Zentimeter dick und bemerkenswert stramm verknotet. Selbst wenn man es an einer spitzen Stelle des Heizkörpers reiben würde, bräuchte es Stunden, bis man es durchtrennt hätte.

Mit den Händen durchschlüpfen war ebenfalls unmöglich.

Ich wackelte am Heizkörper. Sein instabiler Eindruck schien zu trügen, denn er bewegte sich keinen Millimeter.

Wir waren auf fremde Hilfe angewiesen, das war Fakt.

Plötzlich vernahmen wir von draußen dumpfe Geräusche. Erst waren es nur Schritte, doch dann waren ganz deutlich auch Stimmen zu erkennen – bekannte Stimmen! Die der beiden Männer.

Als sie die Hütte betraten, saßen wir noch brav an Ort und Stelle – was blieb uns auch anderes übrig.

Sie hatten ihren Rundgang offensichtlich beendet, ohne jemanden ausfindig gemacht zu haben, was wenigstens keine schlechte Neuigkeit war.

Das Gewehr legte der Riese auf dem Tisch ab. Sie kamen auf uns zu, beugten sich zu unseren Fesseln runter. Mit wenigen Handgriffen löste der kleine Kerl, der mich mittlerweile an eine hinterlistige Ratte erinnerte, zu unserer Überraschung die Knoten, sodass wir nicht mehr an der Heizung festgebunden waren.

Goliath schaute sich das Spiel aus direkter Nähe an, sodass gar nicht erst daran zu denken war, einfach abzuhauen.

»Lassen Sie uns frei?«, fragte Luki, offensichtlich

etwas zu frech, denn er bekam einen mahnenden Schlag an den Hinterkopf.

Der Riese ging voraus und deutete an, dass wir ihm folgen sollten. Doch anstatt zur erhofften Holztür in die Freiheit zu gehen, ging er mit großen Schritten auf die die andere Tür zu. Ihm war offensichtlich egal, dass sich vor ihr eine große Blutpfütze gesammelt hatte. Er stand mitten in der Blutlache, als er einen verrosteten Schlüssel aus seiner Hose kramte.

Ich schielte zur Seite und entdeckte das Gewehr auf dem Tisch. Soll ich es wagen?

Bevor ich weiter darüber nachdenken konnte, begann die Ratte zu lachen und griff sich das Gewehr – offenbar war ihr mein Blick nicht entgangen. Er sprach ein paar drohende Wort und zeigte dann auf die Tür, die der Nebelmann nun mit einem Knarzen öffnete.

Ich zitterte. Was uns wohl im nächsten Moment erwarten würde? Luki, Moritz und ich beobachteten die schwere Tür, die langsam zur Seite aufging.

Im Inneren war es zu dunkel, um irgendetwas auszumachen. Klar wurde nur, dass hier der Ursprung des bestialischen Geruchs sein musste – noch um einiges intensiver als vor wenigen Stunden in der Höhle.

Ehe wir reagieren konnten, wurden wir mit einem kräftigen Stoß in den Raum befördert, die Tür mit einem Krachen wieder hinter uns zugezogen. Wir hörten, wie sich der Schlüssel drehte und anschließend aus dem schweren Schloss gezogen wurde.

Nun war es ganz still. Ein kleines, schmutziges Fenster am Ende des Raums spendete nur wenig Licht.

Unsere Augen mussten sich erst an die Dunkelheit gewöhnen. Wo waren wir hier nur reingeraten? Was hatte es mit dieser Hütte auf sich? Worin lag die Absicht dieser Männer? Und warum stank es so bestialisch? Noch bevor ich mir weiter Gedanken darüber machen konnte, bekam ich eine Antwort auf meine Fragen. Ich sah es!

Kapitel 23

In der Hütte

28. September

Was ich sah, war kein schöner Anblick. Zwar konnten wir noch immer nicht bis zur hintersten Ecke des Raums schauen – zu meiner Überraschung schien der sogar größer zu sein als ursprünglich erwartet –, doch konnten wir sehr deutlich erkennen, dass da etwas vor unseren Füßen lag. Etwas, das den schrecklichen Gestank verursachte. Und das für die Blutlache verantwortlich war, die selbst in der Dunkelheit verhängnisvoll am Boden schimmerte.

Vor uns lag ein riesiger, toter Bär! Unnatürlich auf den Rücken gedreht, der Bauch aufgeschnitten, das Maul weit geöffnet. Diesen Anblick kannten wir bis dahin nur aus schaurigen Tier-Dokus. Doch zu unserem Erschrecken war es damit nicht getan. Neben dem Bären lagen noch weitere Tierkadaver, manche waren schon ausgenommen, von anderen war nur noch das Fell übrig. Wir machten noch einen weiteren Bären, einige Wölfe, Raubkatzen – vermutlich Luchse –, kleine Nagetiere und Vögel aus.

Die Angst und Verzweiflung der letzten Sekunden ihres Lebens zeichneten sich deutlich in den Gesichtern der Tiere ab.

Ich schloss meine Augen und versuchte, mich auf etwas anderes zu konzentrieren, mich abzulenken. Diese Bilder würde ich nie wieder aus meinem Kopf verdrängt bekommen. Haufenweise tote Tiere, brutal erdolcht oder erschossen.

Ich zwang mich, an einen schönen Moment zu denken, der mich aus meinem Schockzustand und aus dieser Hütte entreißen würde. Und wo wir gerade dabei sind, könnte er mich auch gleich in eine andere Zeit teleportieren.

Der Januar des vorletzten Jahres war besonders kalt. Wenige Menschen trauten sich zur Abendstunde noch vor die Tür, zu kalt war der eisige Wind, der wie ein ungebetener Gast durch die Straßen zog, und zu ungemütlich waren die matschigen Wege, die, mit Salz und Sand bestreut, den frisch gefallenen Schnee in eine weißbraune Grütze verwandelten.

Und die wenigen Verrückten, die noch ihr Abendessen kaufen oder Erledigungen machen mussten, waren in Wollmützen, Handschuhe, Drei-Meter-Schals, dicke Daunenjacken und wetterfeste Skihosen eingepackt.

Ich wollte nach Hause, die ganze Zeit schon. Ich wollte mich in mein gemütliches Kingsize-Bett kuscheln – es wartete sicher schon auf mich –, eine Wärmflasche zur Linken und eine dampfende Tasse Kakao mit Marshmallows zur Rechten. Ich würde Netflix einschalten und parallel mei-

nen Instagram-Feed durchstöbern. Die Heizung auf Stufe fünf, die Baumwollsocken von Omi über meine Füße gezogen und eine Schale Ravioli aus der Dose sich fröhlich drehend in der Mikrowelle.

Aber das musste warten – jetzt war ich unterwegs in eine Bar. Nicht alleine, sondern mit einer Freundin, Bina.

Sie war nicht nur eine talentierte Sängerin, sondern auch meine persönliche Ansprechpartnerin in Sachen YouTube – fast schon wie meine eigene Managerin.

Und unbedingt an diesem Abend wollte sie mit mir etwas trinken gehen. Klar, ich würde heute einen besonderen Meilenstein erreichen, etwas, worauf man wirklich stolz sein konnte: eine Million Abonnenten auf YouTube. Es fehlten nur noch wenige.

Aber lieber wäre ich diesen Abend bei mir zu Hause, für mich alleine, ein Date mit meiner Lieblingsserie.

Eine halbe Stunde frierend durch die Kälte watend verging, bis wir endlich in eine kleinere Seitenstraße einbogen und vor einem alten, heruntergekommenen Industriegebäude standen.

»Hier willst du was trinken?«, fragte ich irritiert. Bina ließ sich nicht aus der Ruhe bringen und schritt eine kleine Einfahrt hinunter. Hier musste vor Kurzem Schnee geschippt worden sein.

Ich folgte ihr und stellte mit einem Blick aufs Handy fest, dass ich gerade 999 987 Abonnenten hatte. In wenigen Sekunden würde ich YouTube-Millionär sein. Die Vorstellung war aufregender, als es letztendlich war.

Wir erreichten schließlich eine dicke Stahltür. Bina klopfte bestimmt.

Das hier konnte nur eine von diesen fancy Underground Bars sein, auf die Bina so abfuhr. Ich fand die dröhnende Electromusic, die verrauchten Gänge und die dunkle Atmosphäre eher erschreckend als einladend. Eine Cocktail-Strandbar auf den Malediven wäre mir jetzt lieber. Von mir aus auch auf Malle, Hauptsache nicht im vereisten Berlin.

Plötzlich schwang die Tür auf und ein kleiner, lächelnder Mann mit Schnäuzer stand uns gegenüber.

Er begrüßte mich mit »Alles Gute für die Million«, was mich reichlich verwirrte. Noch verwirrender war jedoch, dass ich mich gar nicht in einem tabak- und alkoholversifften Laden wiederfand, sondern dem Eingang einer bunt blinkenden Lasertaghalle, sofern ich das Logo richtig identifizierte.

Nun kam es Schlag auf Schlag.

Bina schubste mich ungeduldig nach vorn und zeigte auf eine weitere Tür, die ich öffnen sollte.

Ich war jetzt schon baff und hatte keine Ahnung, was mich als Nächstes erwarten könnte. Ich spürte, wie ich zu grinsen begann, ohne dass ich mich bewusst dazu entschied. Diese Situation schien irgendwie surreal.

Ich ging auf die schmale Tür zu, legte meine Hand auf die Klinke und drückte sie mit einem Ruck runter. Und dann wurde es wirklich verrückt!

Im Chor rief nun ein Haufen Leute: »Überraschung!« und Sätze wie »Alles Gute!« oder »Happy One Million«.

Konfettikanonen gingen hoch, Geburtstagströten wurden geblasen und epische, fröhliche Musik erfüllte den Raum. Und dann erkannte ich sie: In dem wie zu einem Kindergeburtstag dekorierten Raum standen nicht »irgendwelche Leute«, sondern lauter Freunde, Bekannte und andere YouTuber. Ganz vorne dabei: Luki, Fitti und Moritz, die jetzt auf mich zukamen und mich drückten!

Wie unglaublich war dieser Moment, niemals hätte ich mit so einer Überraschung gerechnet! Ich merkte, wie mein Kopf vor Freude rot und mein Körper mit Endorphinen überflutet wurde. Diese Zeit würde ich niemals vergessen!

Die Musik lief weiter, mehr Konfettikanonen wurden gezündet, sie knallten wie Schüsse.

Ich schreckte aus meinem Tagtraum hoch. Schüsse. Waffen. Jäger. Plötzlich hatte ich die Erkenntnis! Jetzt war mir klar, in was wir hier hineingeraten waren – und es ergab absolut Sinn: Wir befanden uns in einer illegalen Jagdhütte!

Ich teilte diese Erkenntnis mit Moritz und Luki.

»Eine Jagdhütte?«, wiederholte Luki ungläubig.

»Genau. Aber eine illegale. Bären- und Wolfsjagden sind ohne Lizenz in Europa verboten! Und so was zu schießen bestimmt auch.« Ich zeigte auf einen imposanten Vogel mit gelb-blauem Gefieder.

»Und was macht dich so sicher, dass sie keine Erlaubnis besitzen?« Moritz kniff seine Augen zusammen. Eine Taschenlampe wäre in diesem Moment hilfreich, denn wir konnten uns noch immer kein Bild von der gesamten Lage machen.

»Guck dir das doch mal an«, führte ich weiter aus, »sieht das hier offiziell aus? Das erklärt auch, warum die Männer uns hier gefangen halten.«

»Weil sie nicht erwischt werden wollen!«, vervollständigte Luki meine Theorie.

Ich nickte eifrig. »Wenn der Staat mitbekommt, was die hier treiben, dann wandern die für Jahre hinter Gittern. Und die müssen heftig Kohle hinblättern.«

»Dann war der Mann im Nebel gar nicht auf der Suche nach uns«, schlussfolgerte Moritz, »sondern nach Tieren, die er schießen konnte.«

»Sagte ich ja, er hat nicht auf uns geschossen«, triumphierte Luki – sich offensichtlich gar nicht mehr darüber im Klaren, dass wir noch immer Gefangene waren.

»Jetzt weiß ich auch, warum das Bärenjunge in der Höhle tot war ...« Ich dachte an das arme Tier zurück.

»Vermutlich haben sie die Mutter drangekriegt und es ist einsam in der Höhle verhungert.«

»DIESE SCHWEINE!«, zischte Luki. »Wie kann man Tieren so etwas antun?«

Leider sind das hier längst nicht die Einzigen, die durch Menschen verschuldet so schrecklich leiden müssen. So viel war mir klar.

»Wozu machen die so was denn überhaupt? Wenn die Jahre hinter Gitter wandern, ist das doch viel zu riskant.« Moritz warf mir einen verständnislosen Blick zu.

»Das ist wie mit Gras, Koks und den ganzen anderen Drogen«, erklärte Luki, »im Grunde wie jedes illegale Geschäft. Das bringt richtig viel Kohle ein. So ein Wolfsfell, das wird schon einiges einbringen.«

»Aber wartet mal ...«, Moritz schaute uns an, »... wenn die Jäger gar nicht hinter uns her sind ... was ist dann mit Fitti?«

»Er muss ihnen über den Weg gelaufen sein, vielleicht hat er ja sogar gesehen, wie sie gerade ein Tier geschossen haben.« Luki fuhr sich durch sein Haar.

»Das müsste aber ja bedeuten ...« Moritz konnte seinen Satz nicht zu Ende führen, denn er wurde unterbrochen.

»Dass ich hier bin!«

Erschrocken fuhren wir herum. Ich kniff meine Augen zusammen, da die wenig verbliebenen Strahlen der Sonne, die schwach durch das dunkle Fensterglas in den Raum fielen, kaum mehr genug Licht spendeten.

Am anderen Ende des Raums konnte ich schemenhaft die Silhouette eines Menschen ausmachen!

Das kann nicht sein. Niemals!

Unaufhaltbar bahnten wir uns einen Weg durch

die toten Tiere in Richtung der Gestalt. Aufregung machte sich in mir breit, mein Herz begann zu rasen.

Ist das wirklich möglich?

Nun war ich nur noch wenige Schritte von der Gestalt entfernt. Luki und Moritz standen dicht hinter mir.

Alle gleichzeitig konnten wir ihn im nächsten Moment erkennen: FITTI!

Zusammengekauert, kreidebleich und mit Kratzern übersät, hockte er in der Ecke – und lächelte!

»ALTER, FUCK!« Luki stürzte sich zu ihm, half ihm hoch und schloss freundschaftlich seine Arme um ihn.

Instinktiv taten Moritz und ich es ihm gleich, glücklich darüber, dass wir ihn endlich gefunden hatten, glücklich darüber, dass er noch lebte, glücklich darüber, dass es endlich mal wieder bergauf als immer nur bergab ging.

»Ihr habt euch vielleicht Zeit gelassen!«, spaßte Fitti, als wir ihn endlich aus unserer Umarmung befreiten.

Er erzählte uns von seiner Entführung, wie er die anderen im Wald verlor und auf der verzweifelten Suche nach der Gruppe plötzlich vor dem riesigen Mann stand, der ihn mit einem gezielten Schlag an die Schläfen ausknockte. Wie er in dem stinkenden Raum aufwachte und im ersten Moment davon ausging, dass er tot sei. Dass er seitdem nichts mehr gegessen und getrunken hat, nachts von Mücken und

Ungeziefer geplagt wurde und nur Gesellschaft bekam, wenn die Männern ein neues Tier erlegt und in diesen Raum zur Aufbewahrung abgelegt hatten.

Fittis Zustand war kritisch. Abgesehen von seiner Dehydration, schien er sich einen Grippevirus eingefangen zu haben – vielleicht sogar etwas Schlimmeres. Er war ja erst mitten in unserem Gespräch aufgewacht, obwohl wir schon zusammen im selben Raum saßen. Stundenlang in einem Raum voller Tierleichen eingesperrt zu sein, konnte nicht gut für den Körper gewesen sein.

»Seid ihr auf Hilfe gestoßen?« Fitti sah uns erwartungsvoll an, wir schauten schuldig zu Boden. Die Tatsache, dass wir aktuell in der gleichen prekären Situation wie er steckten, schien ihm Antwort genug.

»Okay, verstehe. Könnt ihr mich mal losbinden?« Er drehte sich um und streckte mir seine Hände entgegen. Er war, genau wie wir zuvor, mit einem Seil gefesselt worden.

Luki musterte interessiert meine Befreiungsversuche. »Sag mal, wie warst du denn in den vergangenen beiden Tagen pinkeln?«

Fitti schaute verschämt zu Boden. Die Antwort genügte.

Ich brauchte nicht lange, um die Knoten zu lösen, und Fitti war frei. Frei insofern, als dass er seine Hände und Arme bewegen konnte, nicht aber frei in seiner echten Bedeutung.

»Jetzt müssen wir hier irgendwie rauskommen! Was ist mit dem Fenster?« Moritz schaute zu Fitti, in der Erwartung, er könne ihm eine Antwort darauf geben.

»Bro, meine Hände waren hinter meinem Rücken. Wie hätte ich da oben drankommen sollen?«

Moritz schlich so leise, dass er nicht befürchten musste, von den Männern gehört zu werden, zum Fenster und versuchte, es mit seinen Händen zu erreichen.

Da er offensichtlich nicht groß genug war, beorderte er mich herbei, um ihm hoch zu helfen.

Ich bahnte mir einen Weg zwischen den Tieren zu ihm und hievte ihn, mithilfe einer klassischen Räuberleiter, bis hoch zu einer kleinen Auswölbung in der Wand, in die das Fenster eingebaut war.

»Scheiße.« Moritz fluchte, während ich Schwierigkeiten hatte, seinen Fuß weiterhin mit meinen Händen zu balancieren.

»Es gibt keinen Griff!« Er schlug mit voller Wucht gegen das Fenster, sodass ich mir sicher war, im nächsten Moment den Halt zu verlieren. Das Fenster hingegen blieb unversehrt. Mit der Faust eine Scheibe einzuschlagen, war also auch nur ein Filmmythos – es sei denn, sie hatten ganz spezielles Panzerglas in dieser Hütte verbaut und es ging sonst doch.

Frustriert ließ ich Moritz wieder zu Boden.

»Gibt es hier irgendwas Schweres, mit dem wir die Scheibe einwerfen können?«

Ich sah mich im Raum um.

Mittlerweile hatten sich unsere Augen völlig an die Dunkelheit gewöhnt. Staubkörner flogen schwerelos zwischen uns herum und wirbelten mit jedem Atemstoß in alle Richtungen auf.

Außer uns vieren und einer Reihe toter Tiere war hier gar nichts – kein Stuhl, kein Felsbröckchen, keine Axt oder anderes Werkzeug, nicht einmal ein paar Kieselsteinchen.

Und erst jetzt wurde mir klar, dass wir Fitti zwar lebend gefunden hatten, aber vermutlich niemals lebend wieder rausbringen würden.

Kapitel 24

In der Hütte

28. September

Lebend würde ich aus dieser Situation nicht wieder rauskommen. Jedenfalls laut dem virtuellen Punktesystem auf der Anzeigetafel. Ein Schuss auf meine Weste und ich müsste offiziell die übermotiviert detailreich dekorierte Halle verlassen.

Langsam schlich ich mich um die Ecke, dem virtuellen Tod bereits ins Auge schauend.

Moritz rannte an mir vorbei, gab mir ein Zeichen, dass hinter mir keine Gegner waren. Sicherheitshalber umklammerte ich meine Laserwaffe trotzdem noch etwas fester. Konzentriert schaute ich durchs Visier, versuchte eine Bewegung auszumachen.

Plötzlich gingen die Lichter an, eine verhängnisvolle Musik setzte ein. Ich schaute auf.

Luki stand hämisch grinsend hinter mir und hatte voll ins Schwarze getroffen. Na großartig!

Nun traten auch die anderen aus ihren Verstecken hervor. Ich war wirklich kein Held, ausgerechnet an meiner Ein-Million-Abonnenten-Überraschungsparty musste ich mich im Lasertag so ungeschickt anstellen.

Die Niederlage war jedoch nach einem kühlen Glas

Cola längst wieder vergessen. Zu gut war die Stimmung an diesem Abend, zu positiv überrascht war ich von der Idee meiner Freunde, eine solche Feierlichkeit vorzubereiten, ohne dass ich davon etwas wusste.

Immerhin waren Luki und Fitti aus anderen Städten angereist, nur um mir zu gratulieren. Das war wahrlich ein besonderer Tag!

Es sollte noch besser werden: Bina zog mich zu sich heran und schlug mir vor, ich solle doch mal kurz nach draußen gehen.

Normalerweise hätte ich diese Aufforderung sehr kritisch hinterfragt – immerhin waren es draußen gefühlt minus hundert Grad.

Da dieser Abend jedoch alles andere als unangenehm und absehbar lief, machte ich mich auf alles gefasst.

Dass nun aber eine schwarze Hummer-Limousine direkt vor der Tür stand, so dekadent und monströs, wie man sich eine solche Limousine vorstellt, mit einem fröhlich winkenden Chauffeur, der mir einen Sekt reichte – damit konnte nun wirklich niemand rechnen.

Schneller getan als realisiert, saßen Fitti, Luki, Moritz und ich auf ein paar edlen Ledersitzen und ließen uns durch das Nachtleben Berlins fahren, vorbei am Brandenburger Tor, der Gedächtniskirche, dem Fernsehturm über die Oberbaumbrücke bis zur East Side Gallery, von der aus wir uns auf den Weg zu einem Club machen wollten, um den Abend feierlich ausklingen zu lassen.

Wir entschieden uns für einen kleineren, aber unglaublich atmosphärischen Club namens »GetLit«.

Hier drin fühlte man sich beinahe wie zu Hause, eine Feier im eigenen Wohnzimmer – nur ohne Aufräumstress am nächsten Morgen.

Die Gäste waren gut drauf, die Getränke hervorragend, die DJs spielten feinsten Hip-Hop und die Bässe der riesigen Musikboxen ließen den eigenen Körper beben. WUMMS! WUMMS! WUMMS!

WUMMS! Ich zuckte auf. Irgendwas hatte ich gehört, ich konnte es nur nicht zuordnen. Schlaftrunken schaute ich mich im Raum um. Moritz, Fitti und Luki saßen noch immer neben mir.

Seit dem gescheiterten Fluchtversuch aus dem Fenster war einiges an Zeit vergangen. Ich hatte kein intaktes Zeitgefühl mehr, wie lange genau – vielleicht zwei oder drei Stunden. Eigentlich wollte ich es gar nicht wissen.

Wir hatten den gesamten Raum nach Gegenständen abgesucht, die uns bei unserer Flucht hilfreich sein könnten. Doch außer ein wenig Munition für eine Waffe, einem kaputten Kamm und ein paar alten Kaffeebechern blieb uns Wertvolles verwehrt.

Auch die Untersuchung der Tür ergab, dass man zwar mit einem Blick durchs Schlüsselloch genau sehen konnte, wie sich die Ratte und der Riese ein großes Stück Fleisch auf dem Campinggrill zubereiteten, sie ließ sich aber kein Stückchen öffnen. Und selbst wenn wir diese Möglichkeit gehabt hätten, so hätten wir erst einmal an beiden vorbeischleichen müssen, was sicherlich nicht die einfachste Aufgabe gewesen wäre. Erst recht vor dem Hintergrund, dass beide als Jäger darauf geschult waren, die kleinsten Geräusche und Bewegungen wahrzunehmen.

Unsere Situation war hoffnungslos.

WUMMS! Da war es schon wieder! Diesmal konnte ich zuordnen, woher das Geräusch kam – vom Fenster!

Wie besessen stand ich in wenigen Sekunden kerzengerade im Raum und versuchte, etwas durch das etwa ein mal ein Meter große Fenster zu erkennen.

WUMMS! Jetzt sah ich es! So verdreckt und vergilbt die Scheibe auch war – ich erkannte eine Hand!

»STEHT AUF, DA IST JEMAND!«, befahl ich so bestimmt, aber leise wie möglich.

Wer auch immer da draußen war – wäre seine Absicht, die Männer zu besuchen, hätte er mit Sicherheit den Haupteingang genommen.

Mindestens so schnell und verschlafen wie ich zuvor standen nun Luki, Moritz und Fitti neben mir und starrten gebannt in Richtung Fenster.

WUMMS, WUMMS! Nun war die Hand wieder zu erkennen.

»Kommt, helft mir hoch!« Luki machte sich bereit, zum Fenster hochzuklettern. Moritz und ich manövrierten ihn hoch, bis er sich alleine am Rahmen festhalten konnte.

Er drückte sein Gesicht an die Scheibe, um möglichst viel erkennen zu können.

»Alter, das ist Julia, sie ist auf Sonnys Schulter! Und, Alter, da sind noch mehr!«, seine Stimme überschlug sich. »Da sind noch Julian, Denise und Lisa. Und Julian hält einen … OAHHH!«

Blitzartig ließ sich Luki fallen, schubste uns zu unserem Schrecken mit aller Kraft zur Seite.

»Was tust du?« Moritz schaute schockiert zu Luki, bekam jedoch prompt eine Antwort, als die Scheibe klirrend in sich zusammenfiel, weil ein massiver Felsbrocken durch sie hindurchflog.

Unsere Gesichter erhellten sich, der Weg nach draußen war frei!

»Könnt ihr hier rausklettern?« Julia schaute uns grinsend durch die zersplitterte Scheibe an, während sie einige spitze Scherben mit ihrem Pullover vom Fensterrahmen löste.

»Schnell!«, befahl ich den anderen, und sofort gaben Luki und Moritz die erste Kletterhilfe für Fitti.

Ich war mir sicher, uns blieb nicht mehr viel Zeit. Das Klirren der Fensterscheibe mussten auch die Männer gehört haben.

Ich rannte zur Tür und drückte mein linkes Auge direkt ans Schlüsselloch. Ich rechnete mit dem Schlimmsten, sicherlich kramte der Riese bereits nach dem Schlüssel, um uns mit seinen riesigen Pranken an der Flucht zu hindern – die Ratte würde ihm helfen und uns in Fesseln legen. Doch wider Erwarten stand keiner der beiden Männer vor der Tür. Sie knieten gerade hinter der Couch, hielten sich – als wären sie in Deckung – die Arme vors Gesicht, während auch ihre Scheiben mit dicken Felsbrocken eingeworfen wurden. Sogar in der Tür war ein riesiges Loch. Ich konnte schemenhaft Luca und Marcel erkennen, die mit Wurfgeschossen das Haus bombardierten. Was ein Wahnsinn!

»Jonas, komm her!« Moritz stand als Letzter noch im Raum. Ich streckte ein letztes Mal meine Hände aus, damit er mit einem Sprung das Fenster erreichen konnte. Bevor er sich auf der anderen Seite runterfallen ließ, streckte er mir seine Hand entgegen, an der ich mich nach oben ziehen konnte.

Als ich mit letzter Kraft das Fenster erreichte, wehte mir zum ersten Mal seit Stunden wieder sauerstoffreicher Wind um die Nase. Der Wald roch gut, die kühlen Temperaturen waren eine angenehme Abwechslung zur modrig stickigen Raumluft, die wir die letzten Stunden zwangsweise inhalieren mussten.

Es dämmerte bereits und der Himmel hatte sich rot verfärbt. Ich spürte, wie meine Augen feucht wurden.

Wir haben es geschafft, wir sind entkommen! Fitti war bei uns! Der Horror sollte endlich ein Ende haben.

Julian half mir nach unten und empfing mich mit einer Umarmung, ich bedankte mich flüchtig bei ihm, Julia und Sonny. Etwas weiter abseits standen Lisa und Denise. Sie mussten allein tapfer durch den Wald gelaufen sein, die anderen gefunden und hergebracht haben. Ich war stolz und dankbar zugleich. Da Moritz sich bereits ausführlich Lisa widmete, ging ich auf Denise zu, um auch ihr meinen Dank auszusprechen. Ich wollte sie umarmen, doch sie kam mir zuvor und gab mir einen Kuss auf meine Wange. Obwohl ich mir sicher war, meinen Körper vor Müdigkeit, Hunger, Dehydration und Schmerzen kaum mehr zu spüren, machte sich ein Kribbeln in meinem Bauch bemerkbar. Gefühle waren nicht so leicht totzubekommen!

Doch manchmal trügt Sicherheit, schneller ist etwas verloren als gewonnen. Wir hörten einen Schuss, erstarrten an Ort und Stelle. Und dann kamen sie um die Ecke – und sie wirkten nicht sehr erfreut, uns zu sehen.

Kapitel 25

Hinter der Hütte

28. September

Das zu sehen, war alles andere als erfreulich. Vielleicht würde das sogar das Ende bedeuten. Wieso kann es das Schicksal nicht einmal gut mit uns meinen?

Um die Ecke kamen unsere beiden Feinde – die Ratte und der Riese –, vor ihnen Luca und Marcel, ihre Hände hinter den Kopf gelegt.

Beide Männer waren mit Schrotgewehren bewaffnet. Ihren Blicken konnte man entnehmen, dass sie nicht abgeneigt waren, diese auch einzusetzen.

Sie dirigierten Luca und Marcel zu uns und machten mit Zeichensprache klar, dass wir uns in einer Reihe aufstellen sollten.

»Bitte lassen Sie uns in Ruhe«, flehte Luca, doch er stieß auf taube Ohren. Die beiden Männer diskutierten vermutlich darüber, was mit uns geschehen sollte.

»Sie werden uns erschießen ...«, stammelte Sonny. Ich hörte, wie Lisa anfing zu schluchzen.

Jedem von uns schlotterten nun die Knie, niemand war gelassen genug, um bei diesem Erlebnis noch cool zu bleiben. Wir hatten Angst, Angst um unser Leben!

Sie sagten Wörter wie »Stupid«, »Shoot« und »Kill«, oder zumindest Wörter, die so ähnlich klangen und die nichts Gutes zu bedeuten hatten.

Ich hatte das Gefühl, mir wäre in diesem Moment alles egal geworden. Ich spürte keine Angst, aber auch keine Hoffnung mehr. Ich wollte nicht mehr an diesem Ort sein, hatte aber auch nicht das Verlangen zu fliehen. Mein Gehirn fühlte sich flüssig an, ein dichter Nebel ließ mein Inneres dumpf und verschwommen wirken.

Zu meinem Erstaunen wollte mein Kopf an die letzten Tage zurückdenken. Müsste ich einen Feedbackbogen über die Reise ins Creator-Camp ausfüllen, würde ich jedem Programmpunkt die schlechteste Bewertung geben.

Die Anreise war langweilig, der Busfahrer humorlos und während der Pause an der Raststätte gab es Streit.

Der plötzliche Halt im Wald war eine Katastrophe, das Creator-Camp wurde nie erreicht, dafür verschwand der Busfahrer spurlos. Es gab Streitigkeiten und Ideenlosigkeit, Bären und Wölfe, Hunger und Durst und eine Reihe schlafloser Nächte.

Da waren große Männer, die auf einen schossen,

und Helikopter, die zu früh aufgaben, um einem zu Hilfe zu kommen. Freunde wurden entführt und illegale Jagdhütten entdeckt. Und nun standen wir vor unserem Ende. Was davon soll gut gewesen sein? Wenn von mir erwartet wurde, dass ich den Feedbackbogen positiver ausfallen ließe, müsste man sich bei der nächsten Anreise schon etwas mehr Mühe geben.

»Nicht schießen!«

Ich erwachte aus meinem Tagtraum. Der Riese hatte sein Gewehr auf die Gruppe gerichtet, der andere redete noch auf ihn ein. Doch Hulk schien sich entschlossen zu haben, seine Gier und sein Erfolg waren ihm wichtiger als elf Menschenleben.

Er entsicherte sein Gewehr, führte das Visier an sein Gesicht und zielte auf – mich.

Kein Herzrasen der letzten Tage konnte jenes aus diesem Moment toppen. Meine Beine spürte ich schon gar nicht mehr, trotzdem fühlte ich, wie mein Blut nicht mehr den Weg in den Kopf fand, sondern langsam zu meinen Füßen sackte.

Jetzt gleich würde es vorbei sein … wie unfassbar schade.

Nichts konnte uns mehr retten, da war niemand mehr. Niemand außer – Nico! Mit einem langen Ast bewaffnet stand kein Geringerer als Nico plötzlich direkt neben dem Riesen, der zwar groß, aber nicht ansatzweise so breit wie Nico war. Dieser holte nun mit dem Ast aus und ehe sich unsere Nebelgestalt versah, lag sie mit einer fetten Beule am Hinterkopf ohnmächtig am Boden.

Die Ratte schien für einen Moment zu überlegen, ob sie weglaufen oder zur Waffe greifen sollte, allerdings einen Moment zu lang, denn schon holte Nico zum nächsten Schlag aus und traf souverän. Auch der kleine Mann lag nun ausgeschaltet im Gras.

Nun gab es kein Halten mehr! Im Film würden jetzt emotionale Musik und sinnliche Umarmungen folgen, doch das hier war kein Film – das war die Realität! Und wir sprangen, wir jauchzten, wir lachten und wir weinten. Wir wollten es nicht wahrhaben, doch das war es: Wir hatten es geschafft, wir waren frei!

Das beste Gefühl meines Lebens!

Bevor wir denselben Fehler wie beim Klettern aus dem Fenster machten, unterbrachen wir unser euphorisches Abfeiern, um uns zu versichern, dass die Männer tatsächlich bewusstlos waren. Wir fesselten sie mit ihren eigenen Seilen an der Heizung, die unserer eigenen Erfahrung nach der sicherste Ort für diesen Zweck war.

Beim Durchsuchen der beiden stießen wir neben Lukis Hustenbonbon, das sich die Ratte heimlich selbst eingesteckt hatte, auf ein altmodisches Handy, das zu unserer Überraschung zwei volle Balken Netz versprach.

»Wählt man hier auch 110?«, fragte Luki unsicher.

Wir fanden eine Notruftaste und entschieden uns vorsichtshalber für diese, da keiner von uns eine sichere Antwort auf Lukis Frage hatte.

Die schwedische Polizei brauchte ein paar Minuten, um unserer Situation Glauben zu schenken, versicherte uns dann aber, sofort zwei Rettungshelikopter und einen Einsatztrupp zu uns zu schicken. Unser Standort konnte glücklicherweise über das Mobilfunkgerät geortet werden.

Als das Gespräch mit der Notrufzentrale beendet war, machten wir uns, mithilfe der Campingutensilien, die wir in der Küche fanden, vor der Hütte ein kleines Lagerfeuer. Gemütlich setzten wir uns im Kreis um das Feuer herum.

Mittlerweile war die Nacht eingebrochen und die Flammen spendeten Wärme und würden den Helikoptern helfen, uns zu finden.

Zuerst sagte niemand etwas. Die Anstrengungen der letzten Tage hinterließen schwere Wunden. Das Auf und Ab der Gefühle hatte Ausmaße angenommen, die nie jemand für möglich gehalten hatte. Dieser Ausflug war gewiss das größte Abenteuer unseres Lebens.

»Warum bist du zurückgekommen?« Marcel unterbrach das Schweigen. Er schaute Nico eindringlich an, der nicht direkt antwortete. Er folgte dem Tanz der Flammen und schien ausführlich über eine Antwort nachzudenken.

»Klingt jetzt vielleicht beschissen, aber das war echt so ein Gefühl.« Wir mussten lachen.

»Nein wirklich. Wir steckten gemeinsam in der Scheiße … Da muss man sich gegenseitig helfen.«

»Der perfekte Zeitpunkt, um anzustoßen«, fuhr ich fort. Ich warf jedem eine Dose Zitronenlimonade zu, die die Jäger in großen Mengen gebunkert hatten.

»Prost!«, riefen wir im Chor und ließen uns das Getränk genussvoll den Hals runterlaufen. Endlich wieder etwas Zuckerhaltiges, endlich wieder etwas mit Geschmack! Das fühlte sich gut an!

»Was ist eigentlich mit Jim und Chris?«, erkundigte sich Julia. »Sind die einfach weitergelaufen?«

Nico tippte sich mit dem Finger an den Kopf. »Die sind völlig gaga, jetzt for real. Die haben die ganze Zeit nur von ihrem Larc geschwärmt. Selbst als ich ihnen gesagt habe, dass wir umdrehen müssten, war es ihnen vollkommen Latte. Wegen denen bin ich überhaupt erst auf die Idee gekommen.«

»Tja«, Sonny zuckte mit den Schultern, »da waren wir, bevor die beiden Jungs wieder aufgetaucht sind, wohl sogar besser dran. Manchmal ist mehr einfach weniger …«

Manchmal ist mehr einfach weniger.

Dieser Satz wiederholte sich echoartig in meinem Kopf.

Mehr ist weniger.

Meine Gedanken überschlugen sich.

Wenn etwas auf den ersten Anschein mehr wirkt, sich dann aber als weniger entpuppt.

Plötzlich hatte ich es! Der Geistesblitz!

Aufgeregt, ob ich richtig lag, bat ich Julian, mir sein Handy zu geben, da er als Einziger noch Akku hatte.

»Was willst du damit?«, fragte er irritiert. Ich ließ mich nicht aus dem Konzept bringen und schaltete den Flugmodus aus, wischte ein paar Mal hin und her und begann dann triumphierend zu grinsen.

»Was ist denn mit dir los?«, fragte Luca. Alle in der Runde starrten mich an, als wäre ich ein Außerirdischer.

»Mehr ist manchmal weniger«, zitierte ich Sonny und zeigte dabei auf das Handy.

»Das ist doch immer nur in Filmen so, dass plötzlich alle kein Netz mehr haben. Völliger Unsinn. Vor allem, wenn dieses alte Handy hier«, ich zeigte auf das Telefon der Männer, »wenn dieses alte Ding Empfang hat.«

Keiner verstand, was ich meinte.

»Was ich damit sagen will: Wir hatten eigentlich Empfang, die ganze Zeit.« Ich hielt das Handy von Julian hoch und tatsächlich – auch bei ihm wurden zwei Balken angezeigt.

»Hää, und warum?« Lisa verstand die Welt nicht mehr.

»Ganz einfach. Unser lieber Ralf war definitiv nicht der unschuldige Busfahrer, für den manche von uns ihn noch immer halten. Er wollte, dass wir keinen Empfang haben.« Luki, Moritz, Fitti und alle anderen schauten mich mit ernster Miene an.

»Ich habe gerade auf Julians Handy testweise die WLAN-Bus-App deinstalliert. Und wie ich es mir gedacht habe – sie hat den Empfang blockiert. Die App muss Code beinhaltet haben, der den Empfang lahmlegt. Und wir haben das natürlich alle nicht gemerkt, im Bus gab es ja Internet. Und er konnte sicher sein, dass jeder von uns auf Gratis-WLAN abfahren würde – jeder von uns hat sich die App runtergeladen.«

Noch immer schauten mich alle fassungslos an.

»Soll das heißen ...«, Denise dachte scharf nach, »... dass wir die ganze Zeit hätten Hilfe rufen können, ohne dass wir es wussten?«

Ich nickte. »Korrekt.«

»Das muss also heißen, dass dahinter wirklich ein Plan gesteckt hat. Der Busfahrer hat uns absichtlich ausgesetzt, ich wusste es von Anfang an!« Luca schüttelte ungläubig den Kopf.

»Aber wenn der Busfahrer uns absichtlich ausgesetzt hat und unsere Handys manipuliert wurden, dann müsste das ja bedeuten ...«, Marcel wagte es nicht, seinen Satz zu Ende zu sprechen.

»Dann würde das bedeuten, dass YouTube uns

loswerden will – wenn die Einladung wirklich von denen kam.«

In diesem Moment nahmen wir die Geräusche von Rotoren wahr – und dieses Mal stoppten sie erst, als die Hubschrauber vor der Hütte landeten. Wir verteilten uns einer nach dem anderen auf zwei Helikopter, den beiden Männern wurden vom Einsatztrupp der Polizei Handschellen angelegt. Und wenige Augenblicke später hoben wir ab, für immer weg von hier. Nicht nur der kalte Windzug, der durch die undichten Türen und Fenster des Hubschraubers zog, jagte mir Gänsehaut über den Körper. Es waren auch die Gedanken daran, endlich frei zu sein, endlich weg von diesem Ort. Fitti wurde gefunden, niemand war ernsthaft verletzt. Von Larc und Alicia fehlte noch jede Spur, Chris und Jim gingen vermutlich gerade den Waldweg ab. Doch mit wenig Glück würden wir jeden von ihnen finden, würden *sie* – ich warf den Polizisten mir gegenüber einen Blick zu – jeden von ihnen finden. Jetzt hatten wir wieder alle Möglichkeiten.

Ich blickte auf die immer kleiner werdenden Bäume unter uns zurück. Ich sah die Hütte, den Wald, den See und bald sogar den Bus. Er stand noch immer einsam und verloren an Ort und Stelle. Alles wirkte klein, unscheinbar und harmlos. Wie ein verworrener Albtraum, aus dem man nun endlich erwachen würde.

Kapitel 26

Berlin

15. Oktober

Ich erwachte aus meiner Tagträumerei, als mich ein kleiner, molliger Junge mit einem bunten Schulranzen auf dem Rücken an die Hüfte tippte und mich um ein Foto bat.

Wir befanden uns in der Buslinie 246 in Richtung Hermannstraße. Diese war zwar äußerst zuverlässig und stellte die schnellste Verbindung von meiner Wohnung zum YouTube-Space dar, fuhr jedoch leider auch ziemlich jede Schule in der Umgebung ab, sodass wir im Sekundentakt Selfies mit aufgeregten Fünftklässlern schießen durften.

»Ihr seid ein süßes Paar«, schwärmte ein Junge, der mir überraschend bekannt vorkam. Erst beim Aussteigen wurde mir klar, dass es sich um den Jungen mit dem Schokoladeneis beim Zuschauertreffen in der Mall of Berlin vor einigen Wochen gehandelt haben musste. Schmunzelnd dachte ich an dieses verrückte Ereignis zurück.

Als der Bus schließlich an unserer Wunschhaltestelle zum Stehen kam, nahm ich Denise' Hand und ging auf Luki und Fitti zu, die bereits an der

Einfahrt zum Gelände des YouTube-Space auf uns warteten.

Das YouTube-Space war der deutsche Kontaktpunkt zur Plattform – hier arbeiteten YouTube-Mitarbeiter, es gab Filmstudios, die man als Creator nutzen konnte, und regelmäßig fanden hier Workshops und Events statt.

Oder eben auch Krisensitzungen, so wie heute.

»Da seid ihr ja endlich«, empfing uns Luki genervt. Ich entschuldigte unsere Verspätung.

»Denise braucht im Bad immer Ewigkeiten, um sich fertig zu machen.« Wir lachten, Denise gab mir einen liebevollen Klaps an den Hinterkopf.

»Sind denn schon alle da?«, erkundigte ich mich weiter.

Fitti nickte eifrig. »Jap, wirklich jeder. Sogar Larc ist pünktlicher als du.«

»Und Alicia?« Denise schaute Fitti fragend an.

»Auch Alicia. Die warten oben auf uns.«

Mit diesen Worten schlossen wir unsere Gesprächsrunde und betraten das Gelände. Ein paar Autos parkten an diesem kühlen Herbsttag auf dem Vorhof. Wir gingen an ihnen vorbei und betraten ein großes, rot gefärbtes Gebäude.

Ein Durchgangsflur und zwei Treppenhäuser später standen wir vor einer weißen Pforte mit der Aufschrift »YouTube-Space«. Wir klopften ungeduldig, bis die hibbelige Dame vom Empfang die Tür öffnete und uns zu einem Konferenzraum führte. Bevor wir den Raum betreten konnten, stellte sie sich uns in den Weg.

»Noch eine kurze Frage.« Die Frau war offenbar aufgeregt uns zu treffen, »Ich kenne ja eure ganze Story schon, hat sich schnell rumgesprochen. Was mir aber nicht mehr aus dem Kopf geht: Was ist denn jetzt aus den beiden Jägern geworden?«

Ich musste schmunzeln, weil ich mich fragte, ob sie das wirklich interessierte oder nur eine Gelegenheit suchte, ein paar Sekunden mehr mit uns verbringen zu können.

»Die sitzen jetzt hinter Gittern, und zwar richtig lange«, antwortete ich. »Die waren schon polizeilich bekannt. Wir haben sie erwischt, und jetzt bekommen sie endlich ihre Strafe. Die haben für einen russischen Auftraggeber Unmengen an Fell erbeutet, weil der eine Menge Kohle dafür gezahlt hat. Jetzt hat das ein Ende.«

Ich konnte mir ein triumphierendes Grinsen nicht unterdrücken. Die nette Dame schaute mich noch schweigend einige Sekunden an, bis sie bemerkte, dass es für sie Zeit war, Abschied zu nehmen. Sie nickte uns kurz zu und öffnete die Tür.

Eilig suchte ich mir einen freien Platz und zog meine Jacke aus – was ich geschickterweise schon vor dem Hinsetzen hätte machen sollen.

Als ich mich schließlich wie ein unbeholfenes

Hühnchen aus meiner Jacke befreit hatte, schaute ich mich in der Runde um.

Es waren tatsächlich alle da. Mir gegenüber saßen Marcel und Sonny, gleich neben Julian und Luca. Auf der anderen Tischseite hatten Larc und seine beiden Freunde Chris und Jim Platz genommen, die miteinander Karten spielten.

Neben mir saß ein gut gelaunter Moritz, der sich fast schon auf Lisas Schoß befand, so eng saßen sie beieinander. Er war fast zeitgleich mit ihr zusammengekommen wie Denise und ich – ziemlich direkt nachdem wir von Göteborg, einer schönen schwedischen Großstadt, zurück nach Berlin geflogen waren.

Nach unserer Rettung hatten wir noch drei Tage in Schweden verbracht, bis die Lage geklärt und das YouTube-Team uns Rückreisetickets nach Deutschland gebucht hatte. Zuvor bekam jedoch jeder von uns erst einmal eine kräftige Glucose-Infusion im Krankenhaus, weil wir akut unterzuckert waren – trotz der leckeren Zitronenlimonade, die sich im Nachhinein als zuckerfrei entpuppt hatte.

Fitti musste sogar Medikamente wegen seines Virusinfekts nehmen, der sich glücklicherweise schon nach wenigen Tagen aus seinem Körper zurückzog.

Wir wurden alle gründlich auf Zecken und andere Parasiten untersucht. Verrückt wurde es aber vor allem, als wir schließlich alle wieder im Krankenhaus aufeinandertrafen …

Die Zuckerlösung, die mir noch am vorherigen Abend in meine Blutbahn gepumpt worden war, tat – neben der Tatsache, dass ich in einem richtigen Bett aufgewacht war – ihr Übriges und verwandelte diesen Morgen in einen der schönsten, an die ich mich je erinnern konnte.

Gestern erst war ich noch in einem Wald aufgewacht, dachte ich mir und ließ mir das kleine Buttercroissant, das es scheinbar für jeden Patienten morgens in diesem Krankenhaus gab, mit einer halben Tonne Marmelade im Mund zergehen.

Plötzlich klopfte es an meiner – unserer – Tür. Mit mir im Raum lagen Luki, Moritz, Marcel und Sonny. Die Ärzte hatten es für besser erachtet, uns in dieser Nacht im Krankenhaus zu behalten, zu Untersuchungszwecken.

Da wir sowieso keine Alternative hatten und erst recht keinen Gedanken mehr daran verschwendeten, dass womöglich doch noch das Creator-Camp im tiefen Wald auf uns wartete, willigten wir zufrieden ein und wurden in verschiedene Zimmer aufgeteilt. Noch in derselben Nacht würde ein größerer Einsatztrupp mit Scheinwerfern und Flutlichtern, die – so beschrieb es zumindest der Einsatzleiter – jedes Fußballstadion neidisch machen würden, zurück in den Wald fliegen und nach Chris und Jim suchen.

Nur nach den beiden, weil es tatsächlich die Einzigen waren, die noch verschwunden blieben.

Alicia und Larc hatten – zu unserer großen Überraschung – bereits im Krankenhaus auf unsere Ankunft ge-

wartet. Die glücklichen Zufälle und brisanten Missverständnisse, die sie uns auftischten, waren beinahe zu verrückt, um sie wirklich zu glauben. In der Kurzvariante konnte man es in etwa so zusammenfassen:

Larc, der sich gemeinsam mit Chris und Jim bereits am ersten Tag aus dem Staub gemacht hatte, um den Weg zurückzugehen, den wir mit dem Bus hergefahren waren, hatte mehr Glück als seine beiden verschwundenen Kameraden und konnte seine Route halten, ohne sich gravierend zu verlaufen. Nach zwei Nächten, er wollte schon fast aufgeben, hatte er seiner Erzählung nach schließlich einen kleinen Acker mit Hütte erreicht. Die Bauernfamilie, die dort wohnt, hatte ihn fürsorglich aufgenommen und Hilfe geholt. Larc hatte – wir wollten es ihm zuerst gar nicht zutrauen – sich sofort dafür eingesetzt, dass als Allererstes ein Hilfstrupp zu uns geschickt würde, um uns aus der Patsche zu holen. Doch – und nun wird es verrückt – der Hubschrauber, der auf sein Verlangen auf unsere Suche geschickt wurde, entdeckte – wenige Kilometer von uns entfernt – eine weitere verschwundene Person: Alicia.

Sie hatte sich, wie ich mich zurückerinnerte, in der Nacht zuvor aus dem Bus geschlichen und war willkürlich in eine Richtung gelaufen, weil es sich, ihrer eigenen Aussage nach »mit uns nicht weiter aushalten ließ«.

»Warum zur Hölle hast du denen nicht gesagt, dass sie noch mehr Einsatztrupps schicken sollen, um uns zu suchen?« Das war das Erste, was Lisa die eingeschüchterte

Alicia bei ihrem Widersehen am letzten Abend im Krankenhaus gefragt hatte.

Kleinlaut gestand diese, dass sie aufgrund ihres frühen Schulabbruchs kein Englisch konnte und es ihr zu unangenehm war, das Missverständnis aufzuklären.

Sie machte bei ihrer Schilderung den Eindruck, als glaubte sie wirklich, dass es diese Unannehmlichkeit entschuldigt, so viele andere Leute im Wald im Stich zu lassen.

Der Einsatztrupp ging jedenfalls bis zu unserem Hilferuf am späten Abend davon aus, dass außer Larc und ihr niemand mehr vermisst wurde.

Wieder klopfte es an unserer Tür.

»Ich habe doch schon JA gesagt«, feuerte Marcel zurück.

»Die sprechen kein Deutsch, du Affe.« Sonny wollte gerade aufstehen, um die Tür zu öffnen, als sie sich von alleine öffnete.

Jim und Chris betraten den Raum.

»Ach was!« Luki staunte nicht schlecht und mir fiel ein Stein vom Herzen, trotz der Tatsache, dass ich mir noch am Vortag eine Prügelei mit Jim geliefert hatte.

Der jedenfalls ging wortlos auf mich zu und streckte mir die Hand entgegen.

»Sorry, Mann. Euch im Stich zu lassen, war echt uncool. Danke, dass ihr noch jemanden losgeschickt habt, um uns zu finden«. Die kleinlaute Art stand ihm gut.

»Kein Stress«, sagte ich und winkte seine Entschuldi-

gung ab, »wir wollten doch alle einfach nur raus.« Ich lächelte ihm zu und er nickte, verließ schließlich wieder den Raum.

»Hat jemand noch etwas Erdbeermarmelade?«, hörte ich gerade noch Luki fragen, während ich mit meinen Gedanken schon wieder an einem ganz anderen Ort, nämlich zu Hause, war.

Zwei Tage später wurden wir mit großer Begeisterung am Flughafen Berlin-Tegel von unseren Freunden und Familien empfangen. Auch wenn wir nur drei Tage aus dem Radar aller, denen wir etwas bedeuteten, verschwunden waren, war das Zeit genug, sich eine Menge Sorgen zu machen. Dementsprechend emotional war das Wiedersehen am Ankunftsgate des Flughafens.

Noch am selben Tag beschlossen wir, zur Aufklärung der Lage, in zwei Wochen noch einmal zusammenzukommen und mit dem entsprechenden Ansprechpartner von YouTube zu sprechen. Mit jenen Leuten, die uns vielleicht Antworten auf all unsere Fragen geben konnten.

Und deswegen waren wir heute hier. Wir alle.

Luki, Fitti, Denise, Moritz, Lisa, Larc, Jim und Chris. Auf der anderen Tischseite Marcel, Sonny, Luca, Julian, Nico, Alicia und Julia.

Wir alle hatten das Abenteuer heil überstanden, wir alle wussten aber auch, dass das nicht selbstverständlich war. Ein falscher Schritt, eine falsche Abzweigung oder eine falsche Entscheidung hätten alles verändern können – und vielleicht würden wir uns noch immer im Bus, im Wald oder in einer schrecklichen Hütte befinden.

Der herbstliche Verfall machte sich mittlerweile deutlich bemerkbar, die Blätter der großen Eiche auf dem Vorhof, die einem die Sicht aus dem Fenster beschränkte, waren gelb rötlich gefärbt. Bald waren ihre Tage gekommen und sie würden theatralisch zu Boden fallen und schließlich eins mit der Erde werden. Dieser Herbst war kälter als jene in den Vorjahren, und schon längst konnte man nicht mehr von spätsommerlichen Temperaturen reden, sondern musste sich eingestehen, dass Pullover und lange Jeans die notwendige Grundausstattung waren, wenn man das Haus für längere Zeit verlassen wollte.

Im YouTube-Space hatte man sich offensichtlich dagegen entschieden, die Heizung den Temperaturen anzupassen.

Also warteten wir in einem deutlich zu kühlen Konferenzraum, bis schließlich Frau Dr. Maria Lee – wie ich aus der Signatur ihrer E-Mail entnommen hatte – mit ihrem Kollegen den Raum betrat. Ihr Kollege hieß Alexander Schwartz. Ich hatte ihn vor einigen Jahren bereits bei einer Veranstaltung über digitale Medien getroffen.

Frau Dr. Maria Lee hatte langes, dunkles Haar und schien, auch ihrem Namen nach, asiatische Wurzeln zu haben. Sie trug ein elegantes, enges Kleid und hohe Schuhe. Ihr leuchtend roter Lippenstift war ein klares Indiz dafür, dass sie nach unserem Zusammentreffen noch ein Date haben würde.

Alexander Schwartz dagegen war einfacher gekleidet. Weder seine braune Cordhose noch sein beiger Pullunder mit dem weißen T-Shirt darunter ließen auf einen besonders ausgefallenen Modegeschmack schließen.

Seine Vorgesetzte nickte in die Runde und bot uns Wasser und Spekulatius an, was zwar zur Raumtemperatur, aber einfach nicht in diesen Kalendermonat passte.

»Vielen Dank, dass ihr alle hier seid.« Sie schaute fröhlich, aber eindringlich in die Runde.

»Ich bin Maria und arbeite seit einigen Jahren als HoD, also Head of Development. Meine Abteilung kümmert sich um eine intelligente Weiterentwicklung des YouTube-Algorithmus, der euch allen ein Begriff sein sollte, korrekt?«

Ein wenig bedröppelt nickte die ganze Truppe.

Den Algorithmus kannte jeder YouTuber. Gut fand den keiner, und wenn wir ehrlich waren: von wirklich *kennen* konnte keine Rede sein. Niemand wusste, wie er funktionierte – er war mehr eine Art unantastbares Wesen im Hintergrund der Videoplattform, das darüber bestimmte, ob die eigenen Videos viele oder wenige Aufrufe erzielten, ob der eigene

YouTube-Kanal gut oder schlecht platziert wurde und ob man in nächster Zeit mit viel oder weniger Zuwachs rechnen konnte.

Offiziell, so hieß es vor einiger Zeit einmal im YouTube-Newsletter, war der Algorithmus bloß eine komplexe Struktur, bestehend aus einer Menge Zahlen und Code. Darauf programmiert, immer korrekt und haargenau abzuschätzen, was der Zuschauer eines YouTube-Videos gerne als Nächstes sehen möchte, welche Inhalte interessant und welche Kanäle spannend sein dürften.

Zusammenfassend wollte er aber vor allem eins erreichen: mehr Nutzer für die Plattform gewinnen, die jeweils noch mehr Videos konsumieren und damit YouTube zu noch mehr Klicks verhelfen, die – wirtschaftlich betrachtet – den wichtigsten Faktor für YouTube darstellten.

Und waren wir mal ehrlich: Wegen der ganzen Konkurrenz und feindseligen Stimmung unter den YouTubern war schon längst der ein oder andere Zuschauer abgesprungen und Klicks verloren gegangen.

»Und das hier ist Alexander.« Maria tippte ihrem Kollegen freundschaftlich auf die Schulter. Er nickte erst kurz und stellte dann fest, dass auch von ihm eine Vorstellung erwartet wurde.

»Ähh, richtig. Ich heiße Alexander und, ähm, bin technischer Entwickler und … ähm.«

»Alexander ist für die direkte technische Umsetzung unserer Ideen und Konzepte verantwortlich«, ergänzte Maria ihren sichtlich nervösen Kollegen.

»Habt ihr dazu irgendwelche Fragen?«

Erwartungsvoll schauten sie in die Runde.

Pampig meldete sich Nico zu Wort: »Entschuldigung, ja. Ich hab' ne Frage. Weißt du, weswegen wir hier sind?«

Maria räusperte sich angespannt und fuhr sich durchs Haar.

»Natürlich, mir ist klar, warum ihr alle hier seid. Und mir ist auch klar, dass ihr unbedingt Antworten auf eure Fragen haben wollt, aber ...«

»Dann erzähl uns doch einfach, warum wir nicht in einem Creator-Camp, sondern mitten im Wald gelandet sind!« Luca starrte Maria eindringlich an.

Diese wirkte zwar angespannt, schien ihre Nervosität aber wesentlich besser als ihr Kollege unter Kontrolle zu haben.

»Das, was euch passiert ist, tut uns von Herzen leid. Wir haben den Fehler gemacht und nicht gründlich genug die Seriosität des Busunternehmens gecheckt. Wir wissen bis heute nicht, wer der Busfahrer war und wo er mit euch hinwollte ...«

Stille. Verwirrt schaute ich mich in der Runde um. Das sollte die Erklärung für alles sein, was uns in den Tagen passiert war?

»Es tut uns, wie bereits gesagt, ausgesprochen leid. Selbstverständlich werden wir es irgendwie wiedergutmachen.« Maria starrte uns an, in der Hoffnung, jemand würde sagen, dass damit alles erklärt war. Doch das war es nicht. Ralf – oder wie auch immer sein echter Name war – sollte an allem die Schuld tragen?

«Sie können doch jetzt nicht dem Busfahrer alles in die Schuhe schieben!«, sprach Julia meine Gedanken aus.

Marcel hakte weiter nach; »Also gibt es das Creator-Camp in Schweden wirklich?«

Die arme Maria, die offensichtlich auf diesen Ansturm von Fragen nicht vorbereitet war, musste erst einmal schmerzlich schlucken, bis sie eine Antwort darauf hatte.

»Richtig, das Creator-Camp gibt es wirklich, in – ähh. Alexander?«

Alexander konnte nicht antworten. Seine Mundwinkel hatten sich seltsam verformt und seine Lippen zitterten.

»Ich kann das nicht«, stammelte er und versuchte sich Wasser einzugießen, verschüttete jedoch mehr als die Hälfte.

»Was ist mit dem?« Sonny wollte aufstehen, doch Maria winkte souverän ab.

»Alexander, beherrsch dich!«, fuhr sie ihn an.

Doch Alexander konnte sich nicht mehr beherrschen, so schien es. Er hatte die Kontrolle über sich verloren, schien nicht zu wissen, was er tat und sagte.

»Wir müssen es ihnen sagen!«

Der Raum war plötzlich wie elektrisiert, alle lauschten mit höchster Anspannung Alexanders Worten.

«Dass es meine Schuld ist, MEINE Schuld!«

Maria hielt ihre Hand vor Alexanders Mund.

»Wisst ihr, Alexander ist psychisch krank. Er weiß nicht, was er tut. Wie schon gesagt: Das Busunternehmen wurde nicht gründlich genug gecheckt und wir untersuchen bereits, was es damit auf sich hat. Wir sind ganz dicht dran, dann bekommt ihr sogar eine Entschädigung, ganz sicher.« Doch diese letzten Worte wollte niemand mehr hören, schon längst hatte Luca zum Handy gegriffen und die Polizei gerufen.

Wenige Stunden später bestätigte der Berliner Hauptkommissar Karl-Heinz Kuhn unsere Vermutungen, dass all das, was uns widerfuhr, nicht zufällig geschah. Dr. Maria Lee und Alexander Schwartz hatten gestanden.

»Jetzt geht deren beschissener Plan trotzdem auf«, sagte Luki lachend, während er sich über eine Handy-App ein Taxi bestellte, das ihn in wenigen Minuten vom YouTube-Space abholen würde.

Denise und ich warteten auf unseren Bus – glücklicherweise war schon lange Schulschluss –, während auch die anderen, die bis zum Eintreffen der Polizei alle brav im YouTube-Space geblieben waren, auf ihr Taxi warteten.

»Ja und? Im Grunde war die Idee ja auch nicht schlecht. Nur wie sie es umgesetzt haben, das geht halt einfach nicht.«

Luki nickte mir zu: »Ja, stimmt schon. Ich freue mich ja auch mega drauf! Einfach zwei Wochen Chile! Nur wandern, Videos drehen, Abenteuer erleben!«

Die gesamte Runde nickte synchron. Ich führte weiter aus: »Vor allem einfach in einer so freshen Konstellation. Wer hätte gedacht, dass so viele von uns jemals ein Team abgeben würden?«

Ich schaute mich in der Runde um, lächelte Denise zu, weil sie es ebenfalls tat. Ich sah zu Luki, Moritz und Fitti, die stolz nickten. Auch Nico, Luca, Julia, Marcel, Sonny, Lisa und Julian sahen mich mit glänzenden Augen an.

Gemeinsam hatten wir noch vor wenigen Wochen drei Tage erlebt, die wir nie wieder im Leben vergessen würden.

Diese Zeit war das perfekte Abenteuer, mit allem, was dazugehörte: Höhen und Tiefen, Gefahren und Sicherheit, Entdeckungen und Dunkelheit, Angst und Freude, Tränen und Schweiß, Hunger und Durst. Und vor allem ohne Verbindung zur Außenwelt, keine Verbindung ins Handynetz oder ins Internet. Dafür aber mit einer anderen, unantastbar besseren Verbindung: der von Freundschaft.

Epilog

Berlin

Früher Morgen des 19. September

Das nervtötende, monotone Vibrieren ihres neuen Smartphones riss Dr. Maria Lee aus dem Schlaf.

Verträumt tastete sie nach ihrer Brille auf dem kleinen Nachtschränkchen neben ihrem Bett und stieß dabei erst eine halbvolle Wasserflasche um, bevor sie schließlich fündig wurde und sich die Brille auf ihre Nasenspitze setzte, noch ehe sie den Lichtschalter betätigte.

»Was?«, meldete sie sich mürrisch, genervt darüber, weil sie sich mitten in der Nacht mit ihrem Kollegen Alexander Schwartz herumschlagen musste.

»Maria, es gibt großartige Neuigkeiten! Der Algorithmus hat seine erste Systemlösung entwickelt!«

Die Augen von Maria wurden größer.

»Für was? Eine bessere Werbeschaltung?«

Ohne es sehen zu können, spürte sie, wie Alexander den Kopf schüttelte.

»Nein! Aber die Anfeindungen, den Hass, das Verweigern von Crosspromotion und Unterstützung unter den YouTubern. Das wird jetzt ein Ende haben! Soll ich dem Algorithmus die Freigabe geben, einen Testdurchlauf zu starten?«

»Eins nach dem anderen!« Maria rieb sich die Augen und stellte erschrocken fest, wie gut es der Sandmann in dieser Nacht mit ihr meinte.

»Wie soll das denn funktionieren? Will der Algorithmus jetzt gut auf die Menschen einreden? Das kann ich auch!«

Kurze Stille.

»Nein, Quatsch! Es ist das Programm, der Code, der Algorithmus, der alles für uns erledigt! Maria, wir müssen nur die Freigabe erteilen. Ich habe vier Jahre an dem System programmiert, wir werden bei YouTube das Doppelte, nein, Dreifache an Gehalt bekommen. Und denk an die Prämienzahlung! Wir haben es geschafft!«

Maria war schon längst mit ihren Gedanken bei Markus, ihrem neuen Liebhaber. Ihr neues Anwesen in Bolnuevo, einer idyllischen Kleinstadt in der spanischen Provinz Murcia, würde sich außerdem nicht von alleine finanzieren.

»Alex, erklär mir nur, wie es funktioniert. Dann gebe ich dir die Freigabe. Was schlägt der Algorithmus vor?«

Alexander Schwartz ließ sich etwas Zeit, ehe er auf ihre Frage antwortete. Sie verstand nicht alles, das Handynetz war in ihrer Wohnung schon seit Wochen nicht verlässlich, und es war mitten in der Nacht, konzentrieren können würde sie sich erst nach einem Kaffee und einer Ibuprofen.

Sie verstand etwas von einer automatisch generierten E-Mail an einige YouTuber, die offensichtlich keinen guten Draht zueinander hatten, einem eingekauften Busfahrer, einer umcodierten WLAN-App und einem Stopp mitten im Wald, der nach einem Unfall aussehen sollte.

»Und was soll das alles bringen?«

»Maria, das ist doch das Menschlichste der Welt! Gemeinsame Probleme, Ängste und Sorgen. Das führt zusammen, es bindet! Wie schon bei den Pfadfindern. Der Algorithmus hat das Verhalten der humanen Lebensform genauestens analysiert, genau wie ich ihn programmiert habe!«

Seine Kollegin war noch immer nicht überzeugt. »Ja, und weiter?«

»Nach vier Tagen holen wir die Kids einfach wieder ab, im Wald wird ihnen schon nichts passieren. Und danach sind sie Verbündete, Freunde, ich garantiere es dir! Sie würden freiwillig wieder auf Reisen gehen, wieder zusammen Videos drehen – und das bedeutet mehr Klicks, mehr Umsatz. Dieser Plan ist fehlerlos!«

Maria lächelte, nahm einen Schluck Wasser und fuhr sich noch einmal durch ihre dunklen Haare.

»Freigegeben. Lass den Algorithmus die E-Mails verschicken.«

Maria trennte die Verbindung und schaltete das

Handy in den Flugmodus. Sie trank noch einen Schluck Wasser und legte sich schließlich zufrieden zurück in ihr gemütliches Boxspringbett. In wenigen Stunden würden YouTuber wie Jonas Ems eine Einladung in ein Creator-Camp erhalten, das überhaupt nicht existierte.

ENDE

Schlusswort

Erst einmal möchte ich Dir meinen tiefsten Dank aussprechen. Dafür, dass Du dieses Buch gerade in Deiner Hand hältst. Dafür, dass Du sehr wahrscheinlich das Schlusswort liest, weil Du bereits die komplette Geschichte gelesen hast. Dafür, dass Du mit dem Kauf dieses Buches einen ganz besonderen Beitrag geleistet hast.

Fangen wir aber von vorne an: Warum zur Hölle habe ich dieses Buch überhaupt geschrieben?

Eigentlich ganz simpel ausgedrückt: Ich hatte mega Bock drauf! Eine fiktive Geschichte in Buchform zu entwerfen, war schon seit Kindheitstagen ein großer Traum von mir (tatsächlich habe ich schon mit dreizehn ganz schauerlich formulierte Kurzgeschichten geschrieben). Bei diesem Buch war mir deswegen besonders wichtig, dass ich es alleine und nicht mit einem Ghostwriter schreibe und entwickle. Was in diesem Werk passiert, entsprang meinen Fantasien, gelungene Dinge sind mir zu verdanken, aber auch Fehler und Ungereimtheiten sind allein auf mich zurückzuführen. Um nun die Brücke zu schlagen, zwischen lesefaulen YouTube-Zuschauern (wie ich selbst einer bin) und trotzdem einer soliden Abenteuergeschichte, dachte ich mir, packe ich einfach ein paar echte YouTuber in mein Buch – mich inklusive! Ich habe mir Mühe gegeben, ein Profil zu zeichnen, dass den echten Lukis und Fittis so nah wie möglich kommt – so was gelingt natürlich niemals komplett. Wenn nun also die ein oder andere Figur einen komischen Eindruck auf euch gemacht haben sollte, dann sucht bitte den Schuldigen bei mir! Ich garantiere euch zwar, dass Nicos Bizeps wirklich dazu imstande wäre, mich am Kragen anzuheben, und ich bin mir auch sicher, dass Denise auf einen Baum klettern würde, wenn ihr ein Wildschwein gegenübersteht, ob nun aber jede Person exakt so reagiert hätte, wie es in meiner Geschichte passiert ist, wage ich zu bezweifeln.

Ich hoffe dennoch, dass ich Dir mit diesem Buch etwas Unterhaltung und Freude am Lesen bereiten konnte.

Das war mein erster, aber sicher nicht letzter Versuch!

Wenn Du jetzt gerade froh sein solltest, endlich mit dem Buch fertig zu sein (was ich nicht hoffe!), oder Dir die Geschichte einfach gefallen hat, dann kann ich sogar noch eins draufsetzen: Mit diesem Buch hast Du selbst etwas Gutes getan! Wirklich!

Ich habe mich – wie auch bei meinem letzten Buch »Peinlich für die Welt« – dazu entschieden, meine kompletten Einnahmen für dieses Buch in Zusammenarbeit mit Plötz & Betzholz zu spenden – dabei kommen wir auf etwa 1 Euro pro Buch! Dieses Geld geht an den Naturschutzbund, kurz NABU. Ich muss zugeben, dass ich vor der Recherche, an wen die Spenden gehen sollen, selber noch nichts von dieser tollen Naturschutzorganisation gehört habe. Da dieses Schlusswort kein eigener Roman werden soll, verweise ich an dieser Stelle auf die Website (www.nabu.de), die jeder von euch guten Gewissens einmal abchecken sollte. Es lohnt sich!

Explizit möchte ich das Geld für Nabu-Projekte im Tierschutz in Afrika gegen Wilderei einsetzen. Wusstest Du, dass jedes Jahr knapp 50 000 Elefanten nur wegen ihren wertvollen Stoßzähnen aus Elfenbein getötet werden? Das sind über 130 Elefanten am Tag – nur aus Profit und Habgier! Dem muss ein Ende gesetzt werden. Aus diesem Grund war es mir sehr wichtig, nicht nur das Geld in ein entsprechendes Projekt zu investieren, sondern in der Geschichte auf dieses Thema aufmerksam zu machen.

In meinem Fall sind die Wilderer hinter Gittern gelandet – in der echten Welt sind leider noch einige weitere auf freiem Fuß. Dagegen müssen wir zusammen ankämpfen.

In diesem Sinne noch einmal: herzlichen Dank! Und hoffentlich bis zum nächsten Buch.

Kurze Danksagung

Danke an die gesamte Crew, die ohne Gage Zeit für Fotoshootings, Interviews und nervige Anrufe von mir Zeit investiert hat! Danke: Luca, Julia, Marcel, Sonny, Nico, Fitti, Moritz, Lisa, Luki, Julian und Denise!

Danke an Jonas W. für den regelmäßigen Austausch über Sprachnachrichten!

Danke an Denise, dass Du auch mal alleine Filme geguckt hast, wenn ich abends an diesem Buch geschrieben habe.

Danke an meinen Hund Dali, der zwar nichts zu diesem Projekt beigetragen hat, aber schon immer in einer Danksagung vorkommen wollte.

Danke an Dennis und euren Verlag Plötz & Betzholz für die prima Zusammenarbeit!

Danke an den NABU für die tollen Projekte, die ihr jedes Jahr ins Leben ruft!